平凡社新書
1042

紫式部 女房たちの宮廷生活

福家俊幸
FUKUYA TOSHIYUKI

HEIBONSHA

紫式部　女房たちの宮廷生活●目次

帯図版：国宝「紫式部日記絵巻」五島本第一段（絵）部分、五島美術館蔵。名鏡勝朗撮影

はじめに

本書は『源氏物語』の作者紫式部を中心に、その生涯や宮廷生活、物語創作など、さまざまな角度から検討を加えたものである。主人である中宮《ちゅうぐう》彰子《しょうし》や藤原道長、同時代を生きた清少納言や和泉式部らにも言及し、立体的に紫式部の姿が浮かび上がるように工夫した。

特に紫式部を考える上で重要なのは、彼女が宮仕え女房《にょうぼう》であったことである。紫式部はいうまでもなく天才であったが、現代の私達が社会生活の中で苦労を重ねるように、紫式部も孤高の天才ではなく、女房としての集団生活の中でさまざまな軋轢《あつれき》を経験していたのだった。そして女房である以上、その才はあくまでも主人を輝かせるために存在したのである。本書は、女房の役割、存在理由に筆を割き、後宮の中で物語を執筆する意義を考えた。

そもそも物語の執筆は主人への奉仕であった。物語の書き手の意識は、現代の作家とはおのずから異なっている。この時代、書き手とパトロン、さらに読者との距離は大変近い。そのような距離感が『紫式部日記』の『源氏物語』をめぐる記述によくあらわれている。本書では、あえて物語作家ではなく、物語作者ということばで記して、現代の作家と差別化したつもりである。

それにしても本書で再三触れるように、紫式部は『源氏物語』以外に『紫式部日記』『紫式部集』という日記や家集を残してはいるものの、その人生は謎が少なくない。しかし、同時代のほかの女房や貴族女性に比べれば、紫式部は解明されている点が格段に多いことも事実である。これは紛れもなく先行研究の積み重ねに拠るのであり、本書の叙述も、そうした先行研究に負うところが大きい。心より感謝申し上げる。

以下、本書の構成について述べておく。

第一章では、紫式部の生涯を『紫式部集』の和歌や詞書《ことばがき》を中心に紹介した。父・姉などの家族関係から友人とのやりとり、宣孝《のぶたか》との結婚生活など、『源氏物語』執筆前の紫式部の姿を確認した。明るい、勝気な紫式部の姿に意外な印象を持つ読者もいるかもしれない。また晩年の紫式部の、一条天皇亡き後の彰子を支える姿も点描した。

第二章では、当時の女房にどのようなことが期待されていたのかを紹介した。平安時代は宮廷サロン文学が花開いた時代であり、その担い手は女房達であった。女房達の文学活動がなぜ盛んであったのか、その理由に加え、女房達に対して意外に否定的な眼が注がれていたことに言及した。また、一般にあまり知られていない、女房から派生した召人《めしうど》という存在を『和泉式部日記』を題材に紹介した。

第三章では、中宮彰子のお産を中心とした、詳細な宮廷記録である『紫式部日記』の世界に分け入り、紫式部の宮廷社会に注ぐ眼と思いを析出した。主家の慶事を物語の語り方を援用しつつ記す工夫は、まさにプロの仕事である。その一方で、主家の栄華の世界に没入できない思いを告白する。その引き裂かれた思いに、現代にも繋がる宮仕えの辛さを見出すことができそうである。有名な和泉式部、赤染衛門《あかぞめえもん》、清少納言を批評した箇所にも触れ、特に紫式部が清少納言を意識しないではいられない立場にあったことや意外な共通性が激越な否定に繋がったことを指摘した。

第四章では『紫式部日記』に記された『源氏物語』の記述を中心に、同時代の人々がこの物語をどのように受け止めていたのかを考察した。この記述が二〇〇八年の『源氏物語』千年紀の起点となったように、宮中で『源氏物語』は今で言うベストセラーになっていた。中宮の皇子出産という慶事の副産物のように、主家の物語となって広まる『源氏物語』を『紫式部日記』は記していたのである。また物語の世界の延長のように記される藤原道長との贈答歌から、道長の召人であったという伝承の是非についても言及した。

なお、『紫式部集』は古本系陽明文庫本を元に、一部私に校訂して原文で紹介したのに対して、『紫式部日記』は、特に断らない場合は現代語訳でその内容を示した。読者の理解を優先したため、逐語訳ではなく、古文特有の敬語（特に丁寧語「侍り」）を訳出せずに、文体の統一をはかった箇所もある。『枕草子』『和泉式部日記』『栄花物語』『無名草子』も同様に現代語訳で紹介した。また漢字の振り仮名はすべて現代仮名遣いで付している。

本書が千年の時空を超えて『源氏物語』の作者・紫式部について思いを馳せ、少しでも身近に感じるきっかけとなれば、幸いである。

第一章　紫式部を知る

——生涯と人間関係

紫式部の謎

紫式部は『源氏物語』を書いた女性としてあまりに有名だ。平安時代のみならず、前近代を生きた日本の女性の中で、ひょっとすると一番有名な存在かもしれない。

しかし、紫式部には多くの謎がある。生まれた年も亡くなった年もわからない。実は名前もわからない。紫式部は宮中で呼ばれたあだ名で、宮中での女房名《にょうぼうな》は藤式部《とうのしきぶ》といったようだ。女房名とは、勤め先の通称で、本来の名前は伝わっていないのである。藤原香子《ふじわらこうし》という名前だったとする説もあるが、残念ながら仮説の域を出ていないようだ。なお、藤式部が紫式部になった理由については、別途触れることにしよう。

そのような例は平安時代の貴族女性ではごく普通のことだった。紫式部のライバルのように扱われることが多い清少納言も生没年とも不明だし、本名も不明である。清少納言も宮中で呼ばれていた女房名である。これは、この時代に、女性を本名で呼ぶことを忌避する習俗があり、宮中に仕える女性達には別に付けられた女房名で呼んだことに起因する。身分が高い女性達は紫式部が仕えた藤原彰子や清少納言が仕えた藤原定子《ていし》のように、本名が記録に残されたが、たいがいの女房達の名前は記録されず、宮中での通り名が残った。和泉式部や赤染衛門、伊勢大輔《いせのたいふ》など『百人一首』でおなじみの女房歌人達も、皆、女房名で、本名不詳である。なお、紫式部の娘大弐《だいに》の三位《さんみ》は藤原賢子《けんし》という名前であったことがわかっている。なぜだろうか。その理由も後に触れることにしよう。

さて、紫式部は『尊卑分脈《そんぴぶんみゃく》』などに拠ると父藤原為時《ためとき》と母藤原為信女《ためのぶのむすめ》との間に生まれた。生まれた年は記録になく、諸説あるが、とりあえず天延元年（九七三）あたりとしておく。紫式部の父は、地方国守を歴任する受領《ずりょう》階層であるとともに、大学寮に学んだ学者で、著名な文人であった。紫式部は、この碩学《せきがく》である父から多くのことを学んだだろう。紫式部が残した日記『紫式部日記』には紫式部が幼少のころ、父の為時が弟（兄とする説もある）の惟規《のぶのり》に漢籍を教えていた時に横で聞いていた紫式部が惟規よりも早く覚えてしまい、為時が「この子が男の子ではなかったのが残念だ」と嘆いたというエピソードが記されている。当時漢籍は男の学問であり、それゆえに紫式部は脇で聞いているほかなかったのだが、それでも弟より先に覚えてしまったという。紫式部の才女伝説の始まりのような話である。『源氏物語』に夥《おびただ》しく漢籍が引用されていることやのちに中宮彰子に漢籍を進講するような素地が、幼少時の環境にあったことを思わせる。

父為時の家は藤原北家良門《よしかど》の流れで、北家という大きな括りではあの道長や頼通《よりみち》と同じだが、傍流であり、祖父雅正《まさただ》、父為時と続けて中流貴族の地位に甘んじていた。しかし、

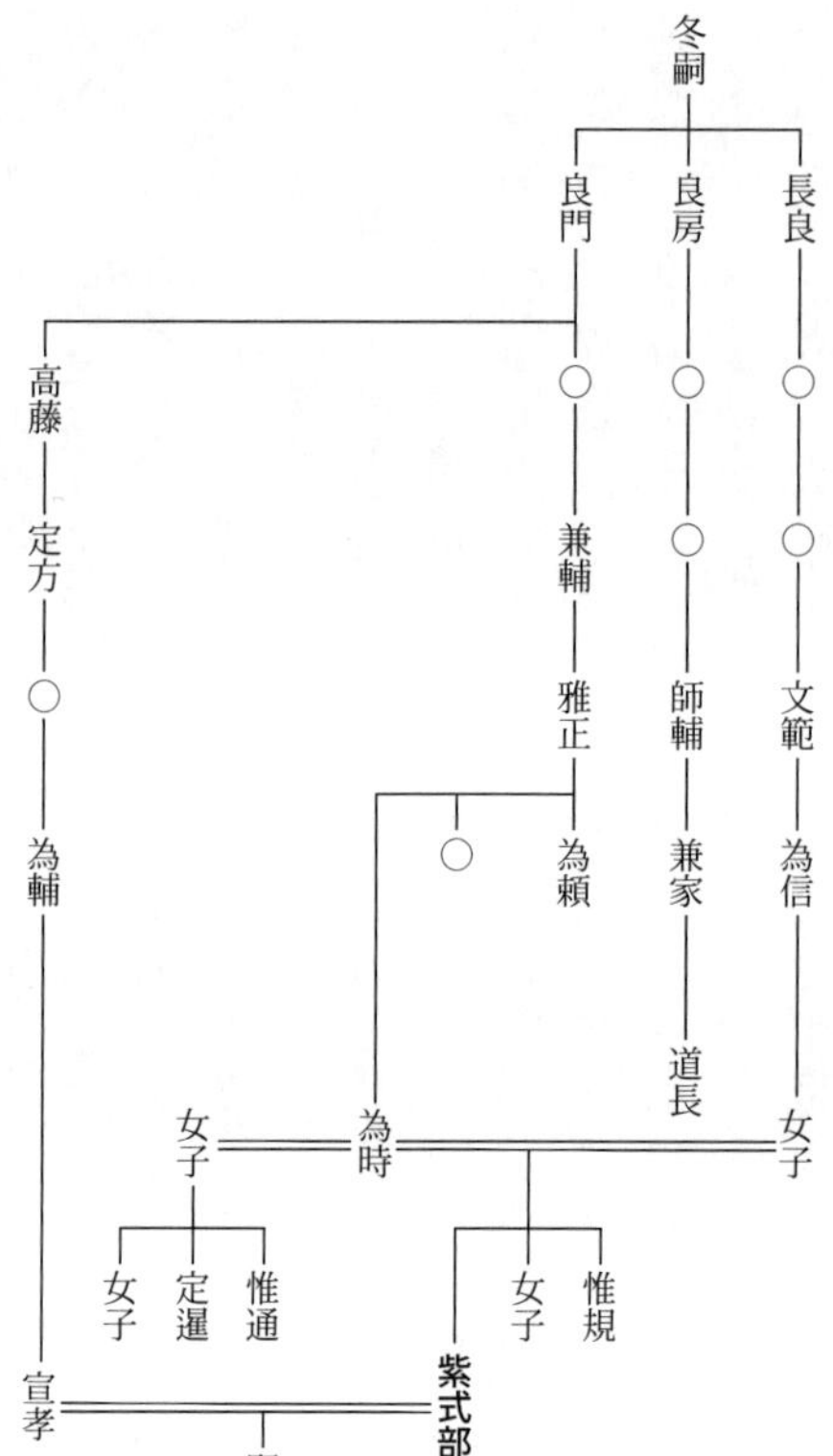

紫式部関係系図

紫式部の父祖には、かつて輝かしく政治の中枢に躍り出た人物がいた。曾祖父、兼輔《かねすけ》である。兼輔は醍醐天皇の時代に中納言に昇った。時の醍醐天皇（敦仁《あつぎみ》親王）は兼輔の父方の従兄弟である藤原高藤《たかふじ》の娘胤子《いんし》が生んだ皇子で、この天皇の即位が兼輔の運命を変え、胤子の弟で、右大臣に昇った定方《さだかた》とともに醍醐天皇の朝政を支えた。さらに兼輔の娘桑子《そうし》は醍醐天皇の後宮に入り、章明《しょうめい》親王を生んでいる。桑子が更衣として入内したことは、『源氏物語』の主人公光源氏の母が同じく更衣（桐壺更衣）として入内していたことと符合し興味深い。さらに『源氏物語』の本文中にもっとも引用される歌が兼輔の「人の親の心は闇にあらねども子を思ふ道に惑ひぬるかな」（親心というのは闇ではないけれど、子を思う煩悩の闇の中で道に迷い続けるものなのだなあ）であり、この歌が娘桑子を思って詠まれた歌であることからも、紫式部の曾祖父への思いの強さが感じられる。兼輔は定方とともに、紀貫之や凡河内躬恒《おおしこうちのみつね》などの歌人達を庇護し、賀茂川の堤にあった兼輔邸は文化的なサロンとなっていたようだ（この兼輔邸が伝領され、曾孫の紫式部もここで育ち、暮らしていたとされる。その場所は現在の京都市上京区廬山寺の辺りかと言われる）。このような歌人への後見も併せて、時の天皇に側近として仕えた亡き曾祖父の存在は紫式部の誇りとするところであったろう。

紫式部の母は先に触れたように藤原為信の娘であり、母方の祖父は権中納言藤原文範《ふみのり》で、この人も学者として知られた存在だった。母方からも学究の血を紫式部は受け継いでいたのである。ところで、紫式部の母は出自を除いて、どのような人であったかはまったくわからない。紫式部の人生を復元するうえで、紫式部が詠んだ歌を集めた『紫式部集』は貴重な資料になっているのだが、その家集にも、母の面影を見ることができない。そこから紫式部がまだ幼いころに亡くなったのではないかと考えられることが多い。実際その可能性は高いだろう。

『源氏物語』では主人公光源氏が三歳の時に母桐壺更衣が亡くなったのをはじめ、光源氏最愛の女性紫の上も同じくらいの年齢で母親に先立たれるなど（ほかにも光源氏の息子夕霧や宇治の大君、中君なども）、幼少期に母親を亡くしている。特に光源氏の母への恋情は『源氏物語』の物語展開の上で大きな原動力となっているが、これは紫式部が母を早く喪ったことと関わっているのかもしれない。

紫式部には先に触れた弟惟規のほかに、姉がいたようである。『紫式部集』には、この姉が早く亡くなったことを示す歌の詞書がある。もったいぶるようだが、この歌についても後で触れることにしよう。ほかに、母が異なる兄弟に惟通《これみち》や定暹《じようせん》、また女子などもいたようだ。

さて、曾祖父兼輔の栄光は一代限りのもので、祖父雅正は女房歌人の伊勢との風雅な和歌のやりとりで知られるものの、中流貴族止まりで、父為時も同様であった。為時には兄為頼《ためより》がいた。紫式部の伯父である。為頼は為時が漢籍・漢詩に優れていたのに対して、和歌に優れ、『為頼集』という家集も残されている。

のちに紫式部が父為時に伴われ、越前国に下ったときに、為頼は次のような歌を詠んでいる（『為頼集』）。

越前へくだるに、小袿《こうちき》のたもとに
夏衣薄きたもとを頼むかな祈る心の隠れなければ
（夏衣の薄い袂を頼みにすることだよ。あなたの無事を祈る心は隠れなく、あなたの身に寄り添っているのだから）

詞書には紫式部に向けて詠まれたとはっきりは書かれていないが、小袿という女性の着物に歌を付けたというのだから、この小袿は越前に下る姪へのプレゼントであり、歌も紫式部へ向けて詠まれたと考えるのが自然であろう。姪の旅の安全を祈る思いが表されていて、この伯父が紫式部を可愛がっていたことが推察される。

為頼は同時代の有名な文人、村上天皇第七皇子である具平《ともひら》親王に親しく仕え、具平親王の邸宅千種亭《ちぐさてい》に頻繁に出入りしていた。具平親王の千種亭は文化的なサロンとなっていて、親王やそのサロンの一員であった藤原公任《きんとう》と交わした和歌が残されている（『為頼集』『公任集』）。為時も具平親王の家司《けいし》（家政を司る、執事のような役目）を務めたこともあったらしい。為頼・為時の兄弟が具平親王に近侍していたことは、のちに『紫式部日記』に記された、藤原道長が息子頼通の妻に、具平親王の娘隆姫《たかひめ》を望んで、紫式部に相談を持ち掛けたことの要因となっていた。具平親王は村上天皇の皇子であることからわかるように高貴な人物であり、その学才と教養は詩歌管絃・書道から陰陽道・医学まで広きにわたり傑出していた。博学多才で知られた伯父兼明《かねあきら》親王が「前中書王《さきのちゆうしよおう》」と呼ばれたのに対して「後《のち》中書王」と呼ばれ尊敬を集めていた。そのような優れた人物が父と伯父の近くにいたことは、紫式部の成長過程の中で少なからぬ影響があったと考えられるだろう。光源氏のモデルに源高明《たかあきら》や藤原道長らとともに、この具平親王の名があがるのも、首肯される。一説に娘時代に具平親王家への出仕経験もあるのではないかとも言われる。なお、為頼の子伊《これ》祐《すけ》は、具平親王の子頼成《よりなり》を養子としたと伝わり（『尊卑分脈』）、具平親王と為頼・為時兄弟の関わりの深さを表していよう。『古今著聞集』という鎌倉時代前期に作られた説話集には、具平親王が寵愛する雑仕女を連れて、広沢の池のほとりの遍照寺に出かけたところ、そこで雑仕女は物の怪にとり殺されたという話が載る。雑仕女の名は大顔と言い、この話を元に『源氏物語』夕顔巻が書かれたとする説がある。

　父為時にも、曾祖父兼輔とは程遠かったにしても、栄達の可能性が拓けた時があった。花山《かざん》天皇が即位した永観二年（九八四）のことである。為時は式部丞蔵人《しきぶのじようくろうど》に上り、すぐに式部大丞《たいじょう》となった。かつて花山天皇の東宮《とうぐう》時代に読書始めの副侍読《じどく》を務めていたことなど、花山天皇と縁があったことが物を言っていたのだろう（為頼も即位に際して春宮少進《とうぐうしょうじょう》から権大進《ごんのたいじょう》へ昇進した）。

為時はそのころに次のような歌を詠んでいる（『後拾遺和歌集』春下）。

遅れても咲くべき花は咲きにけり身を限りとも思ひけるかな

（遅れても咲くべき花（桜）は咲くのだなあ。それなのに、これまでわが身を限りあるものと思って腐っていたことだ）

為時は三十六歳くらい、紫式部は十歳くらいであった。ようやく昇進し得た、万感の思いが桜の花に喩えて率直に歌われている。

花山天皇の御代は今で言う、革新的な色合いが強い時期であった。天皇の外叔父にあたる藤原義懐《よしちか》、乳母子《めのとご》である藤原惟茂《これしげ》が中心になって荘園整理令や貨幣の流通をめぐる諸策など大胆な政策が打ち出され、それに対する反発も大きかった。こうした中で、花山天皇の最愛の女御・藤原忯子《しし》が亡くなり、嘆き悲しむ天皇が出家して退位したことで、唐突にこの体制は終わりを告げたのである。わずか二年の在位期間であった。天皇の出家にあたっては、反対勢力である藤原兼家《かねいえ》の息子道兼《みちかね》が言葉巧みに花山天皇を出家へ誘い、退位させるなど、謀略めいた趣があった。この出家に至る経緯は歴史物語『大鏡』に記され、高校の古典教育の定番教材となっていて、ご存知の方も多いだろう。一緒に出家しようと花山天皇を誘って宮中を出奔し花山寺に同道しながら、土壇場で道兼は父に在俗の姿を最後に見せたいと言って自邸に帰ってしまい出家をしなかった。この花山天皇を騙して出家させた、道兼の弟が後に紫式部が娘彰子に仕えることになる藤原道長で、運命の巡り合わせを感じるところである。

花山天皇の退位によって、側近の義懐、惟茂も相次いで出家して政権の場から離れた。つづいて帝位に就いたのは、道兼の父兼家の外孫である東宮、一条天皇であった。為時は以後十年間の散位（浪人生活）となった。すでに十歳を超えていただろう紫式部は、政権抗争の中で、あえなく翻弄された父の浮き沈みを目の当たりにして、さまざまに思うことがあっただろう。

『紫式部集』について

紫式部は『源氏物語』のほかに『紫式部日記』『紫式部集』を残している。物語、日記、家集と三つのジャンルの作品が現代に伝わっている平安時代の書き手は稀である。先に謎が多いと述べたが、紫式部の実像に近づくための材料は、かなりの量が残されていると言ってよいだろう。そして、フィクションである『源氏物語』に対して、体験に基づいて書かれた『紫式部日記』や人生の折々に詠んだ歌を集めた『紫式部集』のほうが紫式部の人生を復元するうえでの史料性は高い。しかも『紫式部日記』は寛弘五年（一〇〇八）秋から寛弘七年（一〇一〇）正月までと記述が限定的である（先に触れたような少女のころの学才伝説を示す思い出を記すなど、貴重な情報が書かれてもいるのだが）のに対して、娘時代から晩年に至るまでに詠んだ歌を載せている『紫式部集』のほうが紫式部の人生を垣間見るのに役立つことが多いのである。ここで、『紫式部集』の冒頭部を見てみることにしよう。『紫式部集』は次のように始まっている（歌の終わりのカッコは歌番号を示す。以下同じ）。

早うより童友だちなりし人に、年ごろ経て行きひたるが、ほのかにて、十月十日ほど、月に競ひて帰りにければ、

めぐりあひて見しやそれともわかぬまに雲隠れにし夜半の月かな（一）

（めぐりあってお会いしたのが確かにあなただと見定めかねているうちに、雲に隠れる夜半の月のようにあなたは帰ってしまいました）

この歌はのちに『新古今和歌集』に採られ、さらに『百人一首』に選ばれたこともあって、広く人口に膾炙《かいしゃ》している。

『紫式部集』は、ほぼ詠まれた順に歌が配列されたと考えられている。そこから推すと、この歌は続く歌の内容から、少女時代に詠まれた歌ということになる。「童友だち」とは幼いころからの友人で、その友人と久方ぶりに再会したと思いきや、月と競うかのように、友人は帰っていったというのである。お互い幼いころの面影を宿しながらも、成長した姿に驚きつつ、旧交を温めたことだろう。そして、久しぶりの再会を喜び合ったのも束の間、去っていった友人を「雲隠れにし夜半の月かな」と詩情豊かに詠んでいる。心華やぐ再会ではあったが、どこか満たされない思いが急に雲に隠れてしまった月に喩えられているのである。一方で、この友人との別れの歌が冒頭に置かれることで、家集編纂時の紫式部の心境が投影されているという見方もできる。『紫式部集』は晩年の紫式部がこれまで自分が詠んできた和歌を選定して編纂した、自撰家集と見るのが定説である。家集には、自撰のものと他撰のものがあるが、当然ながら自撰家集のほうが、和歌の配列などに詠み手の心境が反映されるだろう。

そうだとすると、この冒頭の歌（一番歌）は少女時代に詠まれたものであるにしても、そこに編纂時の心境が付与され、家集全体のテーマが示されているとも考えられる。そのテーマとはすでに指摘があるように、「会者定離《えしゃじょうり》」であろう。出会った者は必ず別れる定めにあるという、元々は仏教の教えである。

年輪を重ねた紫式部は、これまで詠んできた和歌を選定する作業の中で、この歌を巻頭に置いて、多くの人との別れを体験してきたことを反芻したのではなかったか。いみじくも「雲隠れ」とは、死を暗示することばであり、この歌には直接死の影はないが、死の連想が働いたとしても不思議ではないことばである。

『紫式部集』は続けて、

その人、遠き所へ行くなりけり。秋の果つる日来たる暁、虫の声あはれなり。
鳴き弱るまがきの虫もとめがたき秋の別れや悲しかるらむ（二）
（鳴き弱るまがきに鳴く虫も去っていく秋をとどめようとして鳴いているのでしょうか。あなたをこの場にとどめようと泣いている私のように）

「その人は遠いところへ行くのだった」と記す。その人とは前の歌と同一人物であろう。これが前の歌と同じ時のことなのか、それとも後日また会ったのか説が分かれるが、秋の果ての日が秋の終わり、すなわち立冬になる前の日だとすると、十月十一日が立冬になった年もあることから、同じ時であったと解釈できる。ここでも紫式部は友人に向けて、まがき（竹や柴を粗く組んだ垣）の近くで鳴いている虫に託して秋の別れがいかに悲しいかと詠んでいる。詞書は簡潔だが、「遠き所へ行くなりけり」と左注（和歌の後ろに付く注記）の形で説明し、前の歌との連続性を記した後、「秋の果つる日」「来たる暁」と韻を踏み、虫の声が「あはれなり」と詠んで、しみじみと趣深かったと言い、情感あふれる筆致で、和歌が詠まれた状況を表現している。

一方で和歌のほうは「鳴き弱る」と虫の鳴き声を形容することで、この秋に命を終えようとする虫も止めがたい「秋の別れ」であることを示す。そのような死にゆく虫の心情を思いやる形で、友人との別れを悲しんでいる。ここでも先の「雲隠れ」と同様、死の影が差す表現となっているのである。これも実際に詠んだ際にはあまり意識していなかったかもしれない。

しかし、冒頭にこの二首を連続して置くことで、命の有限性とそれゆえの別れが人の世の必然であることがクローズアップされる。『紫式部集』は単に和歌を羅列しただけではなく、その配列からストーリーが読み取れるよう工夫されている。生涯の歌を整理し、自らの人生を回想した際に、多くの人と死別も含む別れを繰り返してきたという実感が晩年の紫式部の胸に走馬灯のように去来したのではなかったか。『紫式部集』は喩えて言えば、紫式部による自己の和歌のベスト盤であるとともに、和歌を軸にした回顧録という面もあるのだ。当然そこには、文学的な脚色が加えられているのだろう。

なお娘時代という言い方をしてきたが、繰り返しにはなるが、今まで見てきた歌がいつ詠まれたのかは具体的に書かれてはいない。ただ前述したように冒頭の二首が同一の機会に詠まれ、十月十日が秋の果ての日で、翌日の十月十一日が暦の上で立冬となる年を調べると、紫式部の推定年齢から考えて蓋然性が高いのは、正暦元年（九九〇）であることが指摘されている。この年、紫式部は推定十八歳であった。ちょうど二十番目に載る歌が、父為時が越前守として赴任した際に、父と同道して越前に下った折に詠まれた歌で、この下向は長徳二年（九九六）夏であった。その年、紫式部は推定二十四歳である。紫式部はその三年くらい後に結婚したと考えられるので、これらの歌は独身時代に詠まれていたのだった。『紫式部集』冒頭部の一番から一九番までの歌群は十代後半から二十代前半までの和歌を集めたものとゆるやかに考えることができるだろう。次項では、多感な紫式部の青春時代を『紫式部集』を中心に見ていこう。そこには意外にも、私達のイメージとは異なる、社交的な紫式部の姿が垣間見える。

娘時代の紫式部

『紫式部集』冒頭二首は離京していく友人との別れを詠んだ歌だった。現代ならば、学生時代に父母などの保護者の転勤によって引っ越すことはよくあることだろうが、この時代の貴族は基本的に京にいて内裏に勤務しているのが普通である。友人はなぜ都を離れたのだろうか。その理由は友人の父親などが地方の役人として赴任し、それに同道したからだと考えられる。紫式部の父親藤原為時は中流貴族で、地方の役人を歴任する受領層だった。紫式部の友人達も同じ階層の子女達であり、父に伴われて地方へ下っていったと見てよいだろう。

『紫式部集』の冒頭付近には、友人との別れを示す歌がほかにもある（六番歌、七番歌）。これも歌の位置から娘時代の歌である。

　筑紫へ行く人のむすめの、

西の海を思ひやりつつ月見ればただに泣かるるころにもあるかな（六）

（西の海に思いを馳せながら月を見ると、ただ泣けるばかりのこのころです）

　返し、

西へ行く月のたよりに玉章《たまづさ》の書きたえめやは雲の通ひ路（七）
（西へ向かう月のように、私の手紙はその雲の通い路を越えて絶えることはありません）

冒頭二首がいずれも紫式部の詠歌であったのに対し、ここでは筑紫に下る友人からの歌が置かれている。この友人も筑紫の任地に向かう受領の父に伴われて行くことになったのだろう。それゆえに西へ行く月を見ると、都を離れなければならない悲しみに涙が止まらないと詠んでいる。それに対して、紫式部は月が雲を渡って西へ向かって行くように、私からの手紙もあなたのいる西へ向けて途絶えることはありません、と返歌している。遠く都を離れなければならない友人を慰める、あたたかい心遣いの歌である。

続いて『紫式部集』は次のような贈答歌を載せる（八番歌、九番歌、一〇番歌）。

遥かなる所へ、行きやせむ行かずやと、思ひわづらふ人の、山里より紅葉を折りておこせたる、
露深くおく山里のもみぢ葉に通へる袖の色を見せばや（八）
（露が深く置いて山里の紅葉葉が色深く染まっていますが、紅葉葉と同様に赤く染まる袖の色をあなたにお見せしたいものです）

返し、

嵐吹く遠山里のもみぢ葉は露もとまらぬことのかたさよ（九）

（嵐が吹く遠い山里の紅葉葉は、ほんのわずかの間もとどまることを難しくしています）

又、その人の、

もみぢ葉を誘ふ嵐ははやけれど木の下ならでゆく心かは（一〇）

（紅葉葉を誘う嵐は激しいけれど、あなたと離れて都から離れて行くことは考えにくいのです）

遥かな地へ行こうか行くまいか逡巡する友人が登場する。夫の地方赴任に付いていくかどうか悩んでいるのだろう。結婚前の親がかりの身であれば、父親の地方赴任に付いていくのは選択の余地がないことだったはずだ。この友人が任地に下るのをためらったのは、夫には正妻（第一に位置づけられる夫人）が別にいたためかもしれないし、あるいは宮仕えに出ていて、そのキャリアを失いたくなかったのかもしれない。その友人は山里から紅葉を送ってきたというから、いったん山里に引きこもっていろいろと思いを巡らしていたのだろう。その紅葉に通じるような袖の色を見せたいと詠んできた。当時悲しみが極限に達すると紅涙すなわち赤い血の涙が流れるとされ、その涙で真っ赤に染まった袖を見せたいと詠むことで、自らの悲痛の思いを紫式部に訴えたのである。それに対する紫式部の返歌は、紅葉の葉の露が、嵐にすぐに吹き飛ばされてしまうように、あなたはその場にとどまることは難しいでしょうよ、というものだった。

一見、突き放したような詠みぶりだが、嵐という喩えには、一緒に連れて行きたいという強い意思が込められていると解釈することができる。これが夫であるとすると、妻と離れたくないという強い愛情を示していることになる。紫式部は友人のためらいの裏に、本音の部分で、一緒に下向したいという思いがあることを敏感にかぎとったのではないか。そこで、友人に下向を勧めたのだろう。紫式部は若いころから、相手の心の機微がわかる人だったようだ。だから悩みを抱えた友人から率直に相談されるように、周囲から頼られていたのだろう。

それに対して、自分（紅葉）を誘う夫（嵐）の思いの強さを認めつつも、紫式部と別れて行くのは辛いと歌を返している。この返歌でその友人との贈答は終わっているが、紫式部のアドバイスに納得して、夫の任地に下ったのではないだろうか。

さらに続けて、悩みを抱えている友人との贈答が置かれている。

もの思ひわづらふ人の、憂へたる返りごとに、霜月ばかり、

霜氷《しもこおり》閉ぢたるころの水くきはえもかきやらぬ心地のみして（一一）

（霜氷によって流れが閉ざされたようなあなたの近況に接して、お返事をどう書いたらよいかわからないでいる心境にいます）

返し

行かずともなほかきつめよ霜氷水のそこにて思ひ流さむ（一二）

（あなたの筆が進まなくてもやはり手紙を書いて送ってください。霜氷に閉ざされた私の気持ちもあなたの手紙で流し去りたいと思います）

ここでも、悩み相談に乗っている。この人も同じような年齢の同性の友人であろう。年ごろからいって、これも恋愛の悩みと考えて自然である。折しも霜月（十一月）、霜氷に閉ざされた、凍てついた季節に、悩む友人の心境を喩えながら、どのように返信したらよいか、途方に暮れる状況を詠んでいる。まず悩みの重大さを我が事として寄り添う姿勢を示しているのは、現代にも通じる、優れたカウンセラーのようだ。それに対して、友人は紫式部の手紙をもらうことで、悩ましい思いを流してしまいたい、お返事ください、とい

う内容の返歌をしている。その友人は、以前にも、紫式部からもらった手紙に救われる思いを抱いたのかもしれない。若いころから、紫式部の書いた手紙はその文才と洞察力で人の心を動かす力を持っていたのではないか。そして、このように恋の相談を重ね、手紙のやりとりをした経験が後年に恋の物語を執筆することに繋がったと想像することもできるかもしれない。

さて次のような詞書とともに記される和歌はまさに一片の物語のようである（一五番・一六番）。

姉なりし人亡くなり、また人の妹失ひたるが、かたみに行き合ひて、亡き代りに、思ひ交はさむといひけり。文の上に、姉君と書き、中の君と書き通ひけるが、おのがじし遠き所へ行き別るるに、よそながら別れ惜しみて、

北へ行く雁の翼に言伝《ことづて》よ雲の上がき書き絶えずして（一五）

（北へ行く雁の翼に言づけてください。手紙に「中の君」と上書きすることを絶やすことなく）

返しは西の海の人なり。

行きめぐり誰も都へかへる山いつはたと聞くほどの遥けさ（一六）

（さまざまな国を行き巡って、みんな宮へ帰って来るのでしょうか。「かえる山」「いつはた」というあなたの国の名所を聞くと、はるか先のような気がします）

このやりとりから、紫式部には姉がいて、その姉が早く亡くなったことが判明する。贈答の相手にもまた妹がいて、その妹が亡くなったのだった。二人が会った際に、亡き人の身代わりとして、お互いに姉妹を偲ぶよすがとしましょう、と約束した。それ以降、お互いに手紙の宛名に「姉君」「中の君」と書きあって、文通を続けた。心にぽっかり空いた穴を慰め合ったという可憐なエピソードであり、お互いになくてはならない存在であったことがうかがえる。やがて、二人はそれぞれ遠い国に行くことが決まり、別れを惜しむ歌が詠まれる。

北へ行く雁を詠んだのは、紫式部自身が北の方角、越前国に赴くことを踏まえている。春には北の国へ帰る雁に託して、越前国まで手紙を寄越してほしいと詠んでいるのである。紫式部は父為時が越前守に任官し、これまで見てきたような友人達と同様に、父と同道して越前に下ることになったのだ。

先述したように、為時が越前守になった年は長徳二年（九九六）という年であることが判明していて、紫式部は推定で、二十四歳ごろであった。

片や、返歌を寄越したのは、西の海の人、筑紫に行く人だった。誰もが都へ帰ることが決まっているが、あなたの行かれる場所ゆかりの「かえる山」を思うにつけ、一体いつ（「いつはた」が掛かっている）帰れるのか、心細く感じるのです、と詠んでいる。地方の役人の任期は原則四年であり、それゆえ都へ帰ることが決まっていることを前提に詠んでいるのだが、それでもこの時代は人の命は儚く、ましてや鄙《ひな》の地では不安は募る一方だったはずだ。それにしても越前と筑紫とお互いに遠距離で離れ離れになってしまう状況を紫式部の行く越前国の地名（「かえる山」「いつはた」）を詠みこんで歌を送ってきた友人は気が利いている。この親友も教養豊かな娘だったのだろう。

なお、この西の海の人は、先に登場した「西の海を」と紫式部が詠みかけた人と同一人物と見るのが定説である。確かに「返しは西の海の人なり」という詞書は同じ人であることを示しているだろう。この友人が筑紫の中でも肥前の国へ下ったことが一首を挟んで後部に置かれた歌からわかる。

筑紫に肥前といふ所より文おこせたるを、いとはるかなる所にて見けり。その返事に、

あひ見むと思ふ心は松浦《まつら》なる鏡の神や空に見るらん（一八）

（あなたとまたお会いしたいと思う心は松浦にある鏡の神がご照覧になっていることでしょう）

返し、又の年持て来たり。

行きめぐり逢ふを松浦の鏡には誰をかけつつ祈るとか知る（一九）

（国々を行き巡っては、またお会いするのを待っている私がいったい誰を心にかけながら鏡の神に祈っているか知っているでしょうか）

友人は筑紫の肥前国から手紙を寄越したと記されている。その手紙を紫式部も都からはるかに離れた場所で受け取った。父の赴任先である越前の国で読んだのである。

京を中心に生活している平安貴族の子女が肥前と越前という遠隔地で歌や手紙のやりとりをするというのは、珍しいことだったろう。それが可能になったのは、二人がともに地方の国司を歴任する中流貴族の子女であったからである。このような中流貴族の階層を受領層という。実際に地方に赴任し、任国の統治にあたった。中央の朝廷から税の徴収をはじめ、かなり多くの権限を任され、その結果、莫大な富をなす者も多かったと言われる。とはいえ、国の数に限りがあるから、国司の地位は、おいそれと回ってくるものではなかった。実際に、父為時もようやく手に入れた越前守の地位であったが、その任期を終えた後、また約十年の浪人生活が待っていることになる。

さて、友からの手紙への返信という形で、まず紫式部の歌から記されている。あなたにお会いしたいと思う私の心は松浦の鏡の神はご照覧のことでしょう、と詠んでいる。鏡の神とは、肥前国東松浦郡、現代の佐賀県唐津市にある鏡明神のことで、今度は紫式部が相手のいる肥前国の神の名前を詠みこんでいる。鏡明神の社を紫式部は実際に見たことはなかったはずだ。これは先の友人の詠んだ「かえる山」「いつはた」も同じである。写真も動画もない時代には、実際に見たこともない地名を詠みこんで歌を詠むことが普通だった。大概の貴族達は地方の国をこのような歌の題材になるような地、すなわち歌枕の地でもって認識していて、その地名から想像力を働かせていた。そこで詠まれた題材は名前として面白いものが多かった。

『枕草子』には「～は」「～もの」という「お題」のもと、それにぴったり合うもの、良いもの（現代風に言えばベストな選択）を並べた章段があるが（類聚《るいじゅう》段と言われる）、「山は」は、「小倉山。鹿背《かせ》山。三笠山。このくれ山。いりたちの山。わすれずの山。末の松山。……」のように実際に訪れたことがないものも含めて、名前として面白い山の名前が列記されている。都中心の貴族にとって、地方の地名や名所はまず名前として面白いことが絶対条件だったのだ。ここでは、相手のいる場所の地名、名所を詠みこむことで敬意を払ってもいたのだろう。その返歌を「又の年」、翌年に持ってきたという。二人の間の距離がしのばれるところだ。当然郵便のない時代だから、使者が仲立ちをしているのだろう。肥前と越前というそれぞれ都から見れば辺境の地で、年若い娘どうしが和歌のやりとりをするなど、受領の娘以外にはなしえないことだったろう。『枕草子』の作者清少納言も受領の娘であり、こうした階層の人々が女房として出仕して、実質的に宮中の文化を支えていった。

その返歌は、巡り巡って会える日を松浦の神（「松浦」に「待つ」の意を含む）に祈っているのは、ほかならぬあなたのためだという内容だった。ここでこの友人とのやりとりは終わっている。

この「西の海の」友人は肥前守平維将《たいらのこれまさ》の娘、あるいは橘為義《たちばなのためよし》の娘とするなど諸説ある。その後、この友人と、実際に巡り巡って都で再会する機会があったのだろうか。『紫式部集』三九番に次のようにある。

遠き所へ行きし人の亡くなりにけるを、親はらからなど帰り来て、悲しきこと言ひたるに、

いづかたの雲路と聞かば尋ねまし列《つら》離れたる雁が行方を（三九）

（どこの雲路と聞くことができるならば尋ねて行くのですが、仲間の列から離れてしまった

雁の行方を）

この「遠き所へ行きし人」は「西の海の」友人を指すと考えてよいだろう。親兄弟が京へ任期を終えて戻ってきて、友人が現地で亡くなったことを紫式部に伝えた際に詠まれた悲しい歌である。

「列から離れて飛んでいる雁（亡き友）がどこの雲路を飛んでいるか聞けるならば、その行方を訪ねて私も飛んで行きたいものだ」という歌意である。雁はあの世とこの世を行き来する鳥だと考えられていた。紫式部は人の世のはかなさ、「会者定離」をかみしめたことであろう。

次項では時間を戻して、越前への旅立ち前後の様子から見ていくことにしよう。

越前へ、そして結婚

花山天皇の御代で栄達の道が開きかけた父為時であったが、花山天皇の退位によって以後十年間、官職に就けない不遇の時代が続いた。ようやく長徳二年（九九六）春の除目《じもく》（地方官任命の儀式）で、為時は淡路守に就任することになった。しかし淡路という国は小さく、それを知った為時は失望し、悲嘆に暮れた。為時は天皇付きの女房に宛てて、申し文（叙任や昇進を求める際に思いの丈やその理由を記して訴える文書）を書いた。そこには漢詩も詠み添えられていて、その一節に「苦学の寒夜、紅涙襟《こうるいえり》をうるほし、除目の春朝、蒼《そう》天眼《てんまなこ》に在り」とあった。一条天皇はその詩句に胸打たれ、このような文人を小国に任じたことを恥じ、食事もとらず部屋に引きこもってしまった。古代中国の「文章経国」の思想（漢詩文が盛んに作られることが国家の安定・平和に繫がるとする思想）が若き文学好きな帝の心にも根強くあったのである。その様子を見ていた道長が帝の心の中を察して、自分の乳母子であった源国盛《みなもとのくにもり》が越前守に決まっていたのを為時に差し替えた。越前は大国であった。一条天皇は大変満足したという。

以上は為時が越前守に就任した顛末を『今昔物語集』『古事談』『十訓抄《じっきんしょう》』『続本朝往生伝』などの説話集から大筋をまとめたものである。説話によって細かい部分に相違はあるが、『日本紀略』という歴史書に、詳しい経緯は書かれていないものの、上記の国守の交替が記録されているので、まったくのフィクションではなかったようだ。一説には、この時期、宋国の商人一行が若狭国に漂着し、その後、越前国に移されていて、この事件に対応すべく漢籍に明るい為時が選び直されたともいう。

この越前への下向時、紫式部は推定二十四歳くらいで、まだ結婚していなかったようだ。『紫式部集』の娘時代の歌は同性と交わしたものがほとんどである。早ければ十二、三歳という年齢で、裳着《もぎ》という女性の成人式が行われるような時代には、紫式部はやや晩婚の域に差し掛かっていた。まだ夫持ちではなかったので、父の赴任国へ行くことになったのだろう。

ところで、娘時代の歌に異性と交わしたと見られるものがないわけではない。次の歌は『紫式部集』の四番目と五番目にある歌である。

方違《かたたが》へにわたりたる人の、なまおぼおぼしき事ありて帰りにけるつとめて、朝顔の花をやるとて

おぼつかなそれかあらぬか明けぐれの空おぼれする朝顔の花（四）

（気になりますね。あなたなのかどうなのか。そらとぼけているあなたの朝の顔を拝見しますと）

返し、手を見分かぬにやありけむ

いづれぞと色分く程に朝顔のあるかなきかになるぞわびしき（五）

（どちらから贈られたものか思案しているうちに朝顔の花はあるかなきかにしおれてしまってつらいのです）

方違えに来た人が「なまおぼおぼしき事」、つまり、何やらよくわからない行いをしたのだという。そして、その人が帰ろうとした早朝に、朝顔の花を贈りつつ、「あれはあなただったのですか。あなたはとぼけ顔ですが」という内容の歌を紫式部は詠みかけた。それに対する返歌の詞書に「筆跡を見分けられなかったのだろうか」とある。返歌の内容は「どちらから贈られたものか思案しているうちに、時が経ってしまって困ったものだ」というものである。

一読、詞書もぼかした言い方のため、意味がとりにくいが、紫式部から贈られた和歌に対して、方違えに来た人がどちらの筆跡かわからなかったと言っているのは、姉と妹（紫式部）の筆跡の区別がつかなかったことを指していると考えられる。方違えというのは、目的地が悪い方角に当たる場合、いったん別の場所に移動して、悪い方角を変えて向かうという陰陽道に拠る風習であった。この歌の時点で、姉は存命であり、そこから推すと、方違えに来た人は姉妹に対して「なまおぼおぼしき事」をしたのであろう。この時代は色恋に関わることをぼかした言い方をするのが常なので、方違えのために為時邸に泊まった人は、その家の姉妹に対して、思わせぶりなふるまい、具体的にいえば姉妹の部屋のあたりをうかがうようなことをしたのではないか。そうだとすると、この人は男性であり、そのような振る舞いをしながら素知らぬ顔で帰ろうとする男をたしなめるべく贈られたのが、この紫式部の歌ということになる。勝気な若き日の紫式部の一面が見えてきそうだ。一方で、やりこめられて「厳しいなあ」と頭を掻いているような詠みぶりの男には、どこか大人の余裕がある。

この男を後に夫となる藤原宣孝とする説がある（別の男性とする説やそもそも異性ではないとする説もある）。宣孝だとすると、夫婦の馴れ初めの贈答を家集に記していたことになる。方違えに来た男がその家の女達へ接近を図るという展開は、『源氏物語』の帚木《ははきぎ》巻で、方違えのために紀伊守邸に泊まった光源氏が紀伊守の父伊予介の後妻空蟬に接近を図る場面を想起させる。こうした実体験が物語に形を変えて投影されたことは、ありそうなことではある。

越前への旅は琵琶湖の西側を舟で進み、塩津《しおつ》に至り、塩津山を越え、敦賀、五幡を経て、国府の武生《たけふ》に到着するという行程であった。紫式部は往路も、また都へ戻る際の復路でも歌を詠んでいるが、ここでは塩津山を越える際の歌をあげておこう。

塩津山といふ道のいとしげきを、賤《しず》の男《お》のあやしきさまどもして、「なほ、から

越前市・紫式部公園にある紫式部の像

き道なりや」と言ふを聞きて、

知りぬらん往き来にならす塩津山
世に経る道はからき物ぞと（二三）

（おまえ達もわかったことでしょう。通い慣れた塩津山も、世の中を渡るための道となるとつらいものだということを）

塩津山を越えるルートは、京から北陸に向かうための要衝で、深坂越えともいわれ、険しいものだった。現代人には下賤の者という感覚は抵抗があるが、この時代の貴族には普通の感覚だったはずである。山道を行く輿や荷物などを担ぐ労役に当たる下々の者達が「やはり辛い道だなあ」と言うのを聞いて、輿の中にいる紫式部が歌を詠んだ形である。

「塩津山」の「塩」が原文「からき」の縁語となっていて機知に富んでいる。下々の者が何気なく口にしたことばが難儀な山の名に通じていることへの面白さに着目していて、現代風にいえば「上から」の物言いであるが、その「上から」の物言いがいかにもこれから領主の娘として任国に向かう状況に合致していて面白い。状況に合わせた演出という面もあるかもしれない。一方で、このような地方への旅は風光明媚な自然だけではなく、さまざまな階層の人々に触れ、見聞を広める良い契機となっただろう。

紫式部は武生の国府近くの国守の邸宅で一年余を過ごした。ところで、現在は越前市になった、かつての武生の地に、紫式部公園が整備されていて、武生に滞在していた時期のている。紫式部を今に顕彰している。そこには黄金色の大きな紫式部像があって、人々の目を集めている。紫式部像は袿姿で檜扇《ひおうぎ》を手にして、日野山を向いて立っている。日野山は越前富士と呼ばれ、美しい稜線は武生の国府からもよく見えた。

紫式部は武生滞在中に次のような歌を詠んでいる。

暦に、初雪降ると書きつけたる日、目に近き日野岳といふ山の雪、いと深く見やらるれば

ここにかく日野の杉むら埋《うづ》む雪小塩《をしほ》の松に今日やまがへる（二五）

（ここに、このように見える日野山、そこでは杉の群れを雪が埋めているが、いまごろ都の小塩山の松には同じく雪が乱れ舞っていることだろうよ）

返し

小塩山松の上葉に今日やさは峰の薄雪花と見ゆらん（二六）

（小塩山の松の葉の上にうっすら雪が降った今朝は峰に花が咲いたように見えるでしょうね）

詞書にある暦というのは、本来、日の吉凶が漢文で書きこまれた具注暦《ぐちゅうれき》を指す。当時、陰陽寮《おんようりょう》で制作された具注暦はいわば占い入りのカレンダーのようなもので、朝廷から男性貴族達に配布されていた。男性貴族がつけた漢文日記とは、この具注暦の余白に政務や儀式の詳細を記録したものである。ここで紫式部が言っている暦は仮名で書かれた、女性用とする説もある。さらに「初雪降る」と「書きつけたる」とあるが、これは事前に暦に、雪が降る日である、ということがすでに書かれていたか（暦には二十四節気という一年間を二十四等分にした区分が記されているが、その中に「小雪《しょうせつ》」があり、初雪が降る日とされている。詞書にある「初雪降る」は、この「小雪」を和語化したものと解釈し、すでに書きつけられていたと考えるのである）、あるいは、紫式部が「初雪降る」と暦の余白に書き込んだか、両説ある。

続いて詠まれた歌は、目の前に迫ってくる日野山を見つつ、都の小塩山の松に思いを馳せるものであった。

小塩山は京都市西京区大原野にある小塩山であり、古くから和歌によく詠まれた雪や松などの名所であった。山麓には、藤原氏の氏神を祀った大原野神社がある。紫式部は日野山の杉を埋めるように深く積もった雪を眺めつつ、遠い都の小塩山の松に降る雪に思いを馳せているのである。紫式部は眼前の日野山の向こうに、はるか都の小塩山を眺めていたと言い換えることができようか。このような都中心の感性は、当時の都人が誰もが持つもので、けっして紫式部が日野山を貶めているというわけではなかっただろう。地方へ下った都人が都の風物を懐かしむ歌を詠むのはいわばお約束のようなものであった。

この歌への返歌も載せられている。返歌は紫式部の隣にいた、侍女が詠んだとするのが通説である。小塩山にうっすら雪が降った今朝の情景を想像して詠んだ歌になっている。

ここでは眼前の日野山は歌の上では消えていて、都の小塩山の光景のみが想像で詠まれている。おそらく侍女も都から同道していた都人で、主人の都への思いに寄り添って詠んでいるのだろう。

もちろん歌のレトリックだけではなく、紫式部自身、都へ戻りたいという思いが、冬の武生での暮らしの辛さと比例して強まっていたことも確かだろう。そして都を恋しく思う気持ちに、なつかしさだけではない、別の要素も加わっていたようである。

『紫式部集』に、紫式部に関心を寄せる男性が登場する。

年かへりて、「唐人見に行かむ」といひたりける人の、「春は解くるものと、いかで知らせたてまつらん」といひたるに

春なれど白嶺の深雪いや積もり解くべき程のいつとなきかな（二八）

（春ではありますが、こちらの白山の深い雪にさらに雪が積もり、いつ解けるかもわかりかねます）

詞書に「年かへりて」とあるのは、越前下向の翌年、長徳三年（九九七）のことか。唐人を見に行きますよ、と言ってきた人がいたという。唐人とは、若狭国に漂着していた宋の人七十余人のことで、二年前に越前国に移管していた。父為時はこの宋人達と漢詩を交わしていた。為時と宋人達との関係を知っていて、このようなことを言ってきたのだろう。そして、その人は重ねて「春は解けるものだと何とかあなたにお知らせ申し上げたい」と言ってきた。解けるというのは、春になって雪が解けるという意と、あなたの頑なな心が解けるという意が掛けられている。そこから唐人を見に行くと言っていた人は、紫式部に求愛していたことがうかがわれる。唐人を見に行くというのも越前にいる紫式部に会いに

行くための口実だったのかもしれない。おそらく越前に下る前から、この男性は紫式部に言い寄っていた。紫式部は求愛を受け入れるのにためらいがあり、越前へ下った。実際にこの男が越前へ唐人を見にきたかどうかはわからない。

歌は、かなり強気なものである。越の国を代表する白山の、積もり積もった深い雪は春になっても解けることはない。絶対に心を許さないという意志が表出されている。これを受け取った、男の困り顔が見えてきそうである。

この男性はのちに夫となる藤原宣孝とするのが定説となっている。先に方違えの時に思わせぶりな行動をとった男の、有力候補になっていた人物である。藤原宣孝は父為時の従兄弟の息子という縁戚関係にあり、また花山朝で蔵人を務めていて、為時の同僚でもあった。

宣孝の年齢もはっきりしないが、紫式部より二十歳くらい年長であったようである。そのころ、四十代中盤であった宣孝はすでに妻も子もあり、長男の隆光《たかみつ》は紫式部と歳が変わらないくらいであった。宣孝の求愛を受け入れないまま、越前に下ったのは、この年の差と、すでに中納言藤原朝成《あさひら》という上達部《かんだちめ》の娘を妻にしていて、おそらくは身分的にこの妻が正妻であり、健在であれば、序列で言えば第二夫人以下に甘んじることも理由であったかもしれない。

しかし、越前まで、宣孝は変わらず熱心に文を送ってきた。その情熱にほだされるように、紫式部の宣孝への思いは変わってきたのだろう。宣孝の求愛を受け入れる決意をして、長徳四年の春には、父為時に先駆けて、京へ戻った。およそ一年余の越前滞在であった。

越前の暮らしは、都恋しい日々ではあったものの、紫式部の見聞を広げることにも繋がっただろう。『源氏物語』には残念ながら、越前が舞台になることはないものの、筑紫で育った玉鬘《たまかずら》や常陸で育った浮舟などが登場する。また清少納言も紫式部より幼い推定で九歳ごろ、周防守《すおう》となった父清原元輔《きよはらのもとすけ》とともに、周防国に赴き、それから四年間滞在していたようである。『更級日記』の作者菅原孝標女《すがわらのたかすえのむすめ》も十歳から四年間、父が上総介《かずさのすけ》となった関係で、上総国で過ごして、『源氏物語』への憧れを募らせていた。このような地方暮らしは、都で過ごした姫君達に比べて、より広い世界を知り、さまざまな階層の人々に近いところで触れる機会を与えたことだろう。都の文化への憧れを募らせるとともに、時に都の文化を外側から見る、客観的な視点をも与えたと思われる。こうした受領の娘達から、ものを書く女性が生まれたのは、まことに興味深い事象だろう。

さて、紫式部は京の家に戻り、そこで、いよいよ結婚生活がスタートしたのであった。

宣孝という人

平安時代の結婚形態が一夫多妻であることはよく知られている。最近は一夫一妻多妾というほうが正確だとする見方も提起されているが、いずれにしても貴族男性が複数の女性と並行的に関係を持っていたことは確かだろう。そして、基本的にこの時代は男性が女性の家に通うのが普通だった。これを招婿婚《しょうせいこん》（妻問婚《つまどいこん》）と言う。生まれた子も妻の家で育てられることが多かった。その一方で、平安時代は結婚形態の過渡期と考えられていて、中世以後の嫁取婚の形も生まれていた。特に正妻は、夫に引き取られ、夫の家で同居していた。

先述したように、宣孝には正妻だと思われる中納言朝成の娘がいて、この妻との間に、隆佐《たかすけ》、明懐《みょうかい》の順に子が生まれている。宣孝は紫式部の家に通う形で結婚生活をスタートさせたのであろう。すでにこのころには、ほかに下総守藤原顕猷《あきみち》女との間に長男隆光、讃岐守平季明《すえあき》女との間に次男頼宣をもうけていた。

宣孝は、右大臣藤原定方を曾祖父に持ち、権中納言為輔の子であった。定方は紫式部の曾祖父兼輔を婿にし、先にも触れたように、定方と兼輔は醍醐天皇の朝政を支えた。また定方には兼輔の子雅正の妻となり、為時、為頼兄弟の母となった娘もいた。紫式部の父方の祖母であり、宣孝との結婚もそうした血縁によるところが大きかったと思われる。

宣孝は花山朝で為時と同じく、蔵人を務め、以後、大宰小弐兼筑前守、右衛門権佐、山城守などを歴任した。上流貴族ではなかったが、中流貴族として順調にキャリアを積んだ人物であった。

その一方で、宣孝はしゃれっ気のある人物でもあったらしい。『紫式部集』には、そうした宣孝の人となりを伝える歌が収められている。

歌絵に、海人《あま》の塩焼くかたを描きて、樵《こ》り積みたる投木《なげき》のもとに書きて、返しやる。

四方《よも》の海に塩焼く海人の心からやくとはかかるなげきをや積む（三〇）

（あちこちの女性に声をかけているために身を焼いて投げ木すなわち嘆きを重ねているのは、まさに多情なあなたの自業自得ではないですか）

詞書にある「歌絵」とは、歌の内容を絵画にしたもの。宣孝は、海人が海岸で塩を焼く風景を描いてきたのだろう。おそらくはあなたへの思いで身を焼く思いだ、などといった歌を付けて。その絵には塩を焼くために伐り出して積み上げた薪も描かれていたが、その余白に紫式部は「四方の海に」で始まる返歌を書き付けて送り返した。その歌とは、「四方の海」にあちこちの女性に声をかける浮気者な宣孝を喩え、「あちこちの女性に声をかけて、嘆きを重ねているのは、まさに多情なあなたの自業自得ではないですか」と切り返した内容である。詞書がやや説明不足な文章なので、この絵は返歌の際に紫式部自身が書いたとする説もあるが、宣孝が描いた絵を逆利用して切り返したと考えたほうがこのやりとりにはふさわしいだろう。宣孝は紫式部に相手にしてもらえない嘆きを絵にしているわけだから、このやりとりは結婚以前の、求愛中のものだったのかもしれない。この時代の男性は求愛に必ず和歌を詠むが、その歌は通り一遍の類型的な歌になりがちである。宣孝の歌も『紫式部集』に載っていないように、ありきたりな歌だったのだろうが、しかし、このような絵を描きつけるなど、遊び心が感じられる。このいわば、茶目っ気が紫式部には、好ましく感じられたのだろう。

次の例も、宣孝の遊び心が感じられる。

　　文の上に、朱といふ物をつぶつぶとそそきて、「涙の色を」と書きたる人の返り事

紅《くれない》の涙ぞいとどうとまるる移る心の色に見ゆれば（三一）

（紅の涙というと、いっそう疎ましく感じます。移りやすい心がこの色にみえるようですので）

　　もとより人の娘を得たる人なりけり。

手紙の上に朱をぽたぽたとふりかけて、「これが私の涙の色です」と言ってきた人がいた。この人も宣孝と考えられる。朱の涙というのは、本当に辛い時に流れる紅の涙を指している。血の涙ともいう。紫式部に冷たくされたために、私は血の涙を流して悲しんでいます……と宣孝は言ってきたのだ。

宣孝への返歌は、「あなたは紅の涙を流しているとおっしゃいますが、私に言わせれば、あなたの紅は変わりやすい色で、あなたの移り気があらわれているのですよ」と切り返すものである。さらに、歌に続けて、「この人は以前からほかの娘と結婚していたのです」と言い、宣孝に紫式部以前に妻がいたことを説明している。歌の背景の説明であり、歌が詠まれた状況を客観的に示しているが、ちょっとした物語の一節のような語り口でもある。

ここでも宣孝は遊び心を発揮している。それが紫式部の反撃を誘発しているのだが、紫式部は本気で怒っているのではなく、むしろこのやりとりを楽しんでいるようだ。宣孝もやりこめられることをわかっていながら、すすんでそのようにふるまっているように思える。この歌も内容から、まだ結婚前の歌だろうか。

なお、この時代の男女の和歌のやりとりは、男の言い分に対して、女が切り返すというのが一つのパターンになっている。女側の切り返しの妙に価値が置かれていたわけであり、逆から見れば、宣孝は遊び心で、紫式部の歌のアシストをしていたということでもある。
二人は仲睦まじい夫婦だったのではないだろうか。『紫式部日記』には、その時点では亡くなっていた宣孝が残した漢籍を紫式部が読んでいると、侍女達が、だからお方様は幸薄いのだ、と陰口を言うと記している。この時代、女性が大っぴらに漢籍を読むことは、タブーとされていた。宣孝は幼少期から父為時の薫陶を受けた（間接的ではあったが）紫式部と、漢籍について話し合う機会があったことだろう。せっせと妻が喜ぶ漢籍を通ってくるたびに持ち込んでいたのではないだろうか。また宣孝は残念ながら今に伝わっていないが、天元五年（九八二）から、長保三年（一〇〇一）まで約二十年間の日記を残していたようであり、筆まめで教養豊かな人物であったと推察される。紫式部はこの夫と、和漢の文学を話題に、語り合ったのではないだろうか。
そして、宣孝にとっても、この才媛は自慢の妻であっただろう。

文散らしけりと聞きて、「ありし文ども、取り集めておこせずは、返り事書かじ」と言葉にてのみ言ひやりたれば、みなおこすとて、いみじく怨《えん》じたりければ、正月十日ばかりのことなりけり。

閉ぢたりし上の薄氷《うすらい》解けながらさは絶えねとや山の下水（三二）

(春になって、水面を閉ざしていた薄氷が解けてきたように、私の心も解けてきましたのに、山の下水のようにひそかに通じ合っていた二人の仲を絶えさせてしまおうとあなたはお思いなのですか)

「文」を「散ら」すとは、手紙を他人に見せるということ。宣孝は紫式部の手紙をほかの女性に見せびらかしていたというのである。先に紫式部の手紙に励まされた友人について触れたが、文才溢れる手紙はついつい人に見せたくなるような魅力があったということだろう。以前に送った手紙を返してくれなければ、返事は書きませんよと紫式部は強い態度で抗議している。手紙ではなく、使者の口上だけで伝えたというのだから、紫式部の本気の怒りが伝わってきそうだ。むろん、本気で怒ったふりをしてみせたと考えることもできる。それに対して、宣孝は、これまでの手紙をみな返してきて、たいそう恨んでいる様子だった。これくらい良いじゃないか、と今風に言えば、逆ギレしているようにも感じられる。折しも、旧暦正月十日ごろ、春を迎えて、氷が解け始めるころであった。紫式部から宣孝へ歌を贈る。

「春になって、私の閉ざされた心もあなたに打ち解けてきましたのに、山の下水のようにひそかに通じ合っていた二人の仲を絶えさせてしまおうとあなたはお思いなのですか」

この歌から、これも宣孝が求愛中のことで、さらに紫式部が宣孝の求愛に対して、かなり前向きになっていたことがわかる。その紫式部の歌に対して、

すかされて、いと暗うなりたるに、おこせたる。
東風《こちかぜ》に解くるばかりを底見ゆる石間《いしま》の水は絶えば絶えなむ（三三）
（春特有の東風に私の気持ちは打ち解ける一方なのに、水底が見えるような石間を流れるような浅い心のあなたとの仲はいっそ絶えてしまえばいいと思うのです）

宣孝は紫式部の歌に、すっかり懐柔されて、たいそう暗くなってから和歌を寄越した。紫式部自身が宣孝を手玉にとっているような書き方をしていて、おもしろい。宣孝は、自分はあなたに夢中なのに、あなたは私に対して浅い心しか持っていないと訴える。薄情な紫式部を恨んでいるが、紫式部にぞっこんであることは動かない。主導権は、紫式部にある。

さて、このやりとりの行方はどうなっていくのか。

「いまは物も聞こえじ」と、腹立ちければ、笑ひて、返し

言ひ絶えばさこそは絶えめなにかそのみはらの池をつつみしもせん（三四）

（お手紙が絶えるならばそれはそれで結構です。どうしてあなたの腹立ちに遠慮などしましょうか）

今はもう何も申し上げません、と腹を立てる宣孝。それに対して、「笑ひて」、歌を返す紫式部には余裕がある。宣孝に愛されているという自信であろう。そのあたりの心理状態を詞書の「笑ひて」は巧みに表現している。

「手紙が絶えるならばそれはそれで結構。あなたの腹立ちに遠慮などしませんよ」

紫式部の歌の「みはらの池」は武蔵国の歌枕「原の池」を指すかとされる。そこには「御」という敬語がついて、宣孝の立腹の意を響かせている。つづく「つつみ」は慎み（遠慮）の意と池の縁語「堤」を掛ける技巧が凝らされている。

宣孝が降参する時は近づいていた。

夜中ばかりに、又

たけからぬ人かずなみはわきかへりみはらの池に立てどかひなし（三五）

（根が強気ではない、人数にも入らない私のことですから、いきりたってあなたに腹を立ててみたところで、何の効果もありませんでした。降参するほかありません）

夜中に再び宣孝からの返歌が届けられる。宣孝の歌は紫式部が詠んだ「みはらの池」を同じく詠みこみ、「なみ」「わきかへり」「池」「立て」「かひ」など縁語を駆使した、技巧的なものである。

「あなたに腹を立ててみたけれど、とんだ無駄でした」

ここでも、宣孝が白旗をあげることで、二人の一連のやりとりは終わっている。

ところで、宣孝はほかの女性に、紫式部の手紙を見せたということだが、このことをもう少し掘り下げてみよう。先に触れたように、宣孝が見せびらかしたくなるほど、紫式部の手紙が素晴らしかったというのは間違いない。文才に加えて、紫式部が能筆であったという伝承はないが、筆跡も見事だったのかもしれない。平安時代は現代のようなプライバシーの概念はなく、紫式部自身『紫式部日記』の中で、弟惟規から恋人であった中将の君の手紙を見せてもらったことや、その内容を記してもいる。ただ宣孝が紫式部の手紙を見せびらかしたというのは、その手紙を書いたのが紫式部その人であったということも関わっていたのではないだろうか。紫式部が書いた手紙だから見たいという需要が生まれたのではないだろうか。「自分はあの紫式部とつきあっているんだよ、これが紫式部からもらった手紙だ、御覧なさい」。そんなことばとともに、宣孝はほかの妻達に紫式部の手紙を見せびらかしたのではないだろうか。

『源氏物語』が書き始められたのは、はっきりとはわからないが、宣孝が亡くなった後だと考えるのが定説になっている。したがって、『源氏物語』作者の名声を踏まえて、宣孝が紫式部の手紙を見せたと言えれば都合が良いのだが、そういうわけにはいかない。しかし、ここからさらに憶測になるが、現代の作家の中には、会社員を勤め上げて定年退職後にはじめて小説を書く作家もいるが、一方で少年少女時代から習作的な小説を書いていた作家もいる。どちらかというと後者の作家のほうが多いのではないだろうか。紫式部も、いきなり『源氏物語』を書き始めたのではなく、その前に別の物語を書いている可能性が少なからずあるのではないか（『源氏物語』の前身で、のちに形を変えて『源氏物語』に吸収された物語かもしれない）。

『更級日記』の作者菅原孝標女は定家が書写した御物本《ぎよぶつぼん》（皇室に伝来した本）の仮名奥書に拠ると『夜の寝覚』、『浜松中納言物語』、『みづからくゆる』、『あさくら』という四つの物語を書いていたという。

一人の書き手が複数の物語を書いたことは十分あり得ることなのである。紫式部が『源氏物語』以前に物語を書いていて、才女という評判をとっていた。そのことが手紙を見せびらかすことに繋がった可能性も考えられるのではないだろうか。

この夫宣孝について、同時代の意外な人物が言及していた。清少納言である。『枕草子』の「あはれなるもの」（しみじみと感じられるもの）段に次のようなエピソードが紹介されている。当時、御嶽精進《みたけそうじ》は粗末な身なりでいくのが慣例だったが、宣孝は「「粗末な身なりで参詣しなさい」と御嶽さま（蔵王権現さま）はおっしゃっていませんよ」と言い放ち、三月の末にたいそう派手な色で着飾って、長男の隆光にも同じような格好をさせて参詣した。その光景を見た人々は「こんな派手な参詣は見たことない」と驚き呆れた。四月のはじめに宣孝親子は御嶽から戻り、六月十日ごろに宣孝は辞任した筑前守の後釜におさまったので「なるほど宣孝が言ったとおりだ」と人々は口々に言った。

以上が『枕草子』に載る宣孝の御嶽参詣をめぐる話である。宣孝が筑前守になったのは、正暦元年（九九〇）なので、紫式部と結婚する九年ほど前の出来事である。当時、清少納言の耳に入るほど、貴族社会で話題になった出来事だったのだろう。中流貴族にとって、地方官である国司の人事は先述したように、経済的にもまさに生殺与奪に繋がる大きな問題だったので、特に人々の耳目を集めたのである。それにしても、誰もが身をやつして参詣する御嶽精進に、正反対の格好で出かけた宣孝は、大胆不敵である。大向こうを意識したような行動で、派手好きで豪放磊落な宣孝の一面がうかがわれる。

ところで清少納言はこの話題を最後、

これはあはれなることにはあらねど、御嶽のついでなり。

と締めくくっている。ここはあえて原文のまま記しておこう。この話は「しみじみと感じられるもの」すなわち「あはれなるもの」として取り上げるべき話題ではないけれど、御嶽参詣のついでに触れました、と述べているのである。紫式部の夫について、清少納言が言及しているのは興味深い。そして、この「ついで」に触れたというスタンスに、『枕草子』を読んだ紫式部が感情を害し、あの清少納言批判に繋がったとする説もある。清少納言と紫式部は、ドラマや小説とは違い、実際に宮中に出仕した時期は異なり、会ったことはなかったようだ。あの清少納言批判は私怨だけではないように考えられるが、このような書いたものを通しての軋轢がその発端になったという見方は面白い。なお、紫式部の父為時も、すでにふれたように、すぐれた漢詩によって、越前守になったという人事異動でのエピソードを持っていたのも、偶然とはいえ興味深い符合である。

長保元年（九九九）ごろ、二人の間に女の子が生まれる。藤原賢子である。この女の子は成長して後に後冷泉《ごれいぜい》天皇となる皇子の乳母となり、宮中で大弐三位と呼ばれ、三位の位に上った。本名が判明しているのも、天皇の乳母となり、典侍《ないしのすけ》という高位の女官になったからである。『紫式部集』には、宣孝の訪れが間遠なことを悲しむ歌もあるが、まずは順風な夫婦生活であった。紫式部は、こうした日々がずっと続いていくと信じていたことだろう。

宣孝の死

宣孝は長保元年（九九九）十一月に賀茂臨時祭調楽《ちょうがく》で人長《にんじょう》を務め、同月末、宇佐八幡宮への勅使として筑前国にわたった。筑前は以前、宣孝が筑前守として過ごし親しんだ地であった。翌年二月に宣孝は帰京する。紫式部に、筑前滞在の様子を語る機会があったことだろう。『源氏物語』に筑紫で育った玉鬘という姫君が登場するのも、そうした記憶に因るのだろう。宣孝が帰京した翌年の長保三年（一〇〇一）、京では疫病（天然痘とされる）が大流行して庶民から貴族まで、あらゆる階層の人々が亡くなった。

四月二十五日、宣孝も亡くなってしまう。正確な死因は不明だが、疫病に斃れたのではないか。紫式部のもとに娘賢子が残された。父為時がこの春に、越前から戻ってきてはいたものの、世の無常を恨む思いを止めようもなかったに相違ない。『紫式部集』には次のような歌がある。

世のはかなき事を思ひ嘆くころ、陸奥に名ある所々描いたる絵を見て、

塩釜

見し人の煙となりし夕より名ぞむつましき塩釜の浦（四八）

（あの慣れ親しんだ人が荼毘に付され煙となった夕べから、その名に親しみを感じることになった塩釜の浦であることよ）

詞書の「世のはかなき事を思ひ嘆くころ」というのは、夫宣孝が亡くなったころを指す。この世のはかなさ、「会者定離」を紫式部は痛感したのである。「陸奥に名ある所々描いたる絵」は、陸奥の名所を描いた、いわゆる名所絵で、その中の塩釜の浦の絵を見て、歌を詠んだ。塩釜の浦とは、現在、宮城県塩釜市松島湾内にある塩釜湾で、塩を焼く煙の景色で有名な歌枕の地であった。

興味深いのは、『源氏物語』の夕顔巻で、光源氏が急死した夕顔を偲んで、次のような歌を詠んでいることである。

見し人の煙を雲とながむれば夕の空もむつましきかな

この時代、葬場で遺骸を焼いて荼毘《だび》に付した煙が空に昇って雲になると考えられていた。和歌の発想はほぼ夫を偲んだ歌と同じであり、紫式部が自分の歌を転用させていたことがうかがえる。夕顔とは短期間の交際ではあったが、光源氏が心の底から愛し夢中になった女性であった。その女性を偲ぶにあたって、夫を偲んだ歌とよく似た歌を光源氏に詠ませているのである。ちなみに筑紫で成長した玉鬘は、夕顔の娘であった。光源氏と出逢ったころにはすでに婚姻関係は解消していたが、夕顔はかつて頭中将《とうのちゅうじょう》の妻であり、頭中将との間に娘を生んでいたのである。夕顔は光源氏の別荘に連れ出され、そこで女の霊体に取り殺されたので、その急死は外聞をはばかった光源氏によって秘匿された。母が行方不明になった、幼い玉鬘は乳母に連れられて筑紫に流浪する。成年に達して京へ戻った玉鬘を中年期に達した光源氏は養女にするが、この夕顔の忘れ形見に強く心惹かれることになる。

この時代、夫の死に際して妻は一年間の喪に服す決まりだった。ちなみに、男女問わず、父母や主人の死に対しても、一年間の喪に服することになるが、妻の死に際する夫の服喪期間は三ヵ月であった。紫式部は一年間の喪に服したはずである。
そのような悲しみの日々の中で、次のような歌を詠んでいた。

八重《やえ》山吹を折りて、ある所にたてまつれたるに、一重《ひとえ》の花の散り残れるをおこせ給へりけるに、

折からをひとへにめづる花の色は薄きを見つつ薄きとも見ず（五二）
（折からの美しさを愛でる花の色ですが、ちょうど薄黄色の山吹を見ながら薄いとも見えません）

世の中の騒がしきころ、朝顔を同じ所にたてまつるとて

消えぬ間の身をも知る知る朝顔の露とあらそふ世を嘆くかな（五三）
（露が消えない間のはかない命と知りながら朝顔が露と消えるのを争うようなこの世の無常を嘆いていることです）

八重山吹をある所に奉ったという。あらたまった物言いから、その所とは高貴な人の許だったことがうかがえる。誰かははっきり書かれていない。それに対して、一重の花が散り残っている山吹の枝を送り返された。そこには無言のメッセージが秘められている。そ

れは何か。おそらく散り残った一輪の山吹の花のように、夫を喪った後でも強く生きて行きなさい、というメッセージが込められていたのだろう。そのエールに対して、紫式部が贈った歌は次のような内容である。

「折からひたすら山吹の花を賞美する季節です。送ってくださった一重の山吹の花は薄い黄色ですが、あなた様のご厚意から薄いとも見えません。深謝します」

「ひとへ」に「ひたすら」の意と「一重」の意を掛け、さらに「うすき」に「薄き」と「薄黄」の意を掛けている。

また次の歌の詞書には、世の中の騒がしいころとあり、これは長保三年（一〇〇一）の疫病の流行を指しているのだろう。宣孝が亡くなった年である。朝顔を同じ所にたてまつった際に、それに付けた歌には、夫を喪った悲しみが滲んでいる。

「わが命も露が消えぬ間に尽きてしまうというはかなさは重々知っているのですが、朝顔の露と競うように人が死んでいく世の中を嘆いているのでございます」

紫式部がこのような悲しみを訴えた高貴な人とは誰だろうか。この人は紫式部の悲しみをよく理解し励まし、また紫式部もこの人におのれの悲しみを率直に訴えることができた。そのような人物とは、父為時や伯父為頼が仕え、おそらく紫式部の娘時代から成長過程も見守っていた具平親王ではなかったか。『紫式部日記』には、道長が紫式部を具平親王の

「こころよせある人」（信頼を置かれている人）と思っているとする記述がある。のちに道長の娘彰子の許に宮仕えに出る紫式部であるが、それよりも以前に村上天皇の皇子という高貴な人と関わりを持っていたことは注意されてよいだろう。
次の歌も、宣孝を喪った後の日々の中で詠まれたと推定される。

世を常なしと思ふ人の、幼き人の悩みけるに、から竹といふ物、瓶にさしたる女房の祈りけるを見て

若竹の生ひ行く先を祈るかなこの世を憂しと厭ふものから（五四）

（若竹のようにはるかに伸びていく我が子の成長を祈ることです。この世を憂きものと厭わしく思っていますのに）

世の無常を思う人とは、夫を亡くした紫式部自身を指す。そして病気になった（「悩みける」）娘とは一人娘の賢子である。唐竹を瓶に挿して、女房が祈っている。現代人の感覚としてはわかりにくいが、竹は生命力にあふれる植物で、しかも長寿の亀に通じる瓶に挿して、おそらくは賢子付きの女房が病気の主人のためにあやかろうと祈りを捧げているのである。その姿に触発される形で、この世を憂きものと思いながらも、我が子の成長を

祈らざるを得ない、と詠んでいる。

夫の急逝から、さらに深まった世を厭う思い、それでも我が子の快復と成長を祈らざるを得ない母としての心——そのような拮抗する、複雑な心情を女房の祈る姿を注視することを通して、詠みあげている。女房の祈る姿が自らの思いを掘り起こしている。このように対象を見つめることが内面の思いを導く契機になるというのが、『紫式部日記』にも見られる、特徴的な紫式部の思考法であり、表現方法なのである。

『源氏物語』執筆から宮仕えへ

ここまで少しその記述に言及してきたが、紫式部は『紫式部日記』という仮名で書かれた日記も残している。この日記は、寛弘五年（一〇〇八）秋から寛弘七年（一〇一〇）正月までの出来事が書かれていて、もっぱら中宮彰子の出産やその後の祝賀の儀式、宮中生活の中で紫式部が思ったことなどが書かれている。その中には、先に弟惟規よりも早く漢籍を覚えたというエピソードなど、貴重な回想の記述も含まれている。

その中に次のような記述がある。紫式部が里下りして、自邸で昔を思い出している場面である。

何の見所もないふるさとの木立を見るにつけても、憂鬱で思い乱れて、……（出仕以前に、この家にいたころは）他愛もない物語などについて、語らっていた人で、気心が合う人とはしみじみと手紙を書き交わしたり、少し疎遠な縁故も頼って文通をしたりしたものだが、ただこの物語をいろいろと題材にして、とりとめのない話をして所在のなさを慰めたりして、自分を世の中に存在する価値がある者とは思わないものの、さしあたって恥ずかしい、つらいと思い知るようなことだけは免れていたのに、宮仕えに出てから、ほんとうに我が身の辛さを残ることなく思い知ることよ。

この記述は夫を喪った後の日々を回想していると考えるのが通説となっている。他愛もない物語をめぐって手紙を交わす人達がいたという。この物語を軸に、同好の士というべき人達と交流し、寂しい生活が慰められた。さらに、少し縁遠い人達にも、つてを頼って交流をした。物語が孤独な紫式部の支えとなったのと同時に世界を広げることにも繋がったのである。

この他愛もない物語（「はかなき物語」）とは自作の『源氏物語』を謙遜して述べたと考えるのが一般的である。これが初めての創作ではなかったかもしれないが、夫宣孝を喪った日々の中で、物語創作に本格的に取り組むことで自己を奮い立たせようとした側面もあるだろう。物語を創作し、その物語が読まれ、交流の輪が広がる日々の中で、紫式部は夫を喪った痛手の中から少しずつ自己を取り戻していったのではなかったか。そして、この物語は紫式部を新たな人生の局面へと導いたようだ。

はっきりした年はわからないが、寛弘二年（一〇〇五）前後に紫式部は藤原道長の娘彰子の許に出仕することになる。夫が亡くなってから四、五年経ったころである。彰子は十二歳で一条天皇の女御となり、すぐに中宮となった。臣下として最高権力者の座にあった藤原道長はその地位を盤石のものにするために、娘を天皇の后にして、皇子をもうける必要があった。天皇の外祖父になり天皇と強固な縁戚関係を作ることが摂関政治の中枢にいるための条件にもなっていたのである。以下、簡単に彰子入内から紫式部の出仕までの状況を確認しておこう。

この時代でも十二歳の入内は早い。逆に言えば、道長は娘の入内を急いでいたということになる。一条天皇は彰子入内時点で二十歳であるが、その時点で、藤原道隆娘定子、藤原公季《きんすえ》娘義子《ぎし》、藤原顕光《あきみつ》娘元子《げんし》、藤原道兼《みちかね》娘尊子《そんし》といった后達がいた。特に藤原定子は一条天皇の元服とともに早くから入内し（正暦元年〈九九〇〉）、さらに女御から中宮となり、定子は一条天皇の寵愛を集め、后の座を定子一人が独占する時間が長く続いた。一条天皇の寵愛ぶりは定子に仕えた清少納言の『枕草子』に印象的に描かれている。しかし、長徳元年（九九五）、定子の父・関白藤原道隆が亡くなってから、定子の運命は暗転する。次いで関白に上った道隆の弟の道兼は文字通りの七日関白であっけなく疫病に斃れた。その後、定子の兄伊周と道隆・道兼の弟である道長は政争を繰り広げるが、長徳二年（九九六）、定子の兄伊周・弟隆家が自滅のように、花山法皇を矢で射かけるなどの不祥事を起こし、流罪となってしまう。定子は後ろ盾を失い、出家する。定子の兄弟には厳罰で臨んだ一条天皇であったが、一条天皇の定子に対する寵愛は変わらず、定子は還俗し、その後、第一皇女脩《しゅう》（修）子《し》内親王、第一皇子敦康親王を立て続けに生む。とはいえ、定子の独占状態であった一条天皇の後宮に、定子の兄弟の失脚は風穴を空け、長徳二年七月以降、先述の義子、元子、尊子が入内した。

そのような入内ラッシュのしんがりに、長保元年（九九九）、道長は裳着をすませたばかりの娘彰子を一条天皇の許に入内させた。最初は女御として入内したが、翌年には中宮に上った。その時点で、定子が中宮であり、この時代、中宮と皇后は同じものだと考えられていたが、定子が皇后になり、新たに彰子を中宮にするという前例のないことが行われた。それだけ彰子の箔付けを急いだというわけであり、さらに定子の地位を骨抜きにする必要があったということでもある。

長保二年（一〇〇〇）に定子は第二皇女媄子《びし》内親王の出産時に急死する。一条天皇の悲嘆を歴史物語『栄花物語』鳥辺野巻は印象的に描いている。母を亡くした第一皇子敦康親王は二歳で、彰子が養育した。彰子はこの第一皇子を大変いつくしんだと伝えられている。

道長が早く彰子に子を生んでほしいと願っていたことは間違いない。失脚した伊周・隆家の兄弟もすでに流罪の地から赦され京へ戻ってきていて、将来第一皇子敦康親王が東宮になったら、本格的に復権する可能性があった。しかし彰子になかなか懐妊のきざしはなかった。十二歳で入内したのだから、なかなか子どもができないのも身体的にやむを得ないところである。

彰子が十代後半に差し掛かるにつれて、道長やその周辺の人々はより現実的なものとして、懐妊を期待していただろう。紫式部が彰子の許に出仕したのは、彰子が十八歳前後のころであった。

この紫式部の出仕は、『源氏物語』執筆による評判を道長が聞きつけたためではないかと言われている。この時代、后の許には才知あふれた女房達が集められ、華やかなサロンが作られていた。そのようなサロンで和歌や物語などが作られ、平安時代の後宮文化が花開いた。

一条天皇が即位したのはわずか七歳の時である。この時代は即位が早い天皇が多く、幼帝は母后とともに内裏にいて、その膝下で養育された。一方で生前退位した上皇は権力の二重化を避けるために内裏から別の所に移り、そのような環境が母后の発言力を高めたとされる。一条天皇についても、父円融上皇が即位後五年で崩御したこともあり（円融上皇は積極的に院政を敷こうとしていたといわれるが）、母藤原詮子《せんし》の発言権は増した。伊周の自滅のような失脚も、道隆死後、道長が氏の長者（藤原氏のトップ）になり、官職でも先を越された（道長は内覧の宣旨を賜り、さらに右大臣に上った）ことによる自暴自棄が要因とされるが、これは道長を推挙する母詮子の一条天皇への説得が物を言ったとされる。『大鏡』などの伝えるところでは、詮子は弟の道長を可愛がり、愛する定子のこともあり伊周を考えて渋る一条天皇を寝室まで追いかけて、そこに籠城して強引に道長を推挙させたという。

話がやや逸れたが、このような母后と近いところで成長した帝が後宮サロンの文化に親しんでいたことは確かであろう。もちろん帝は「四書五経」や『史記』など漢籍を学び、特に一条天皇は漢詩漢文に精通した帝として知られたが、一方で当時女性達が中心となって享受していた和文や和歌にも関心を抱いていたのである。物語は主として後宮サロンの中で作られ、享受されていたのだった。

紫式部が彰子の女房として招聘されたのも、彰子のサロンにより多くの才女を集め、よりその文化を華やかにプロデュースする道長の狙いによるものと推察される。さらに『源氏物語』の作者を迎えて、自分達のサロンで引き続き物語を執筆させようという目論見によるところも大きかっただろう。そのことが一条天皇の関心を呼ぶことにもなり、より彰子との関係が深まることもおのずから期待されていたと考えられる。ひいては待望の妊娠の可能性が高まることも期待されていたであろう。

『源氏物語』は、漢籍、漢詩や史書、和歌、物語、さらには宮中の故実に至るまで自在に引用し、物語論、芸道論、女性論などの評論が展開されるなど、膨大な知の百科事典であり、教養書としての一面を持つ。この物語を擁すること自体、中宮彰子サロンの高い教養を内外に示すことになるとともに、第一読者である中宮彰子の教養を高めることに繫がったであろう。それによって、第一級の知識人である一条天皇との関係が深まることも期待されていた。『紫式部日記』には、中宮彰子に乞われて、紫式部が中宮彰子にこっそり漢籍を教えたという記述があるが、このような彰子の漢籍への知的関心は『源氏物語』を読むことで育まれたのかもしれない。

紫式部の出仕が彰子の妊娠が現実問題となってくる年齢と重なることは、視野に入れておいてよい事実であろう。

宮仕え

前項で述べたように、『源氏物語』の執筆は紫式部の人生を変えた。『源氏物語』の評判が彼女を華やかな宮中へと導いたのである。当初、友人達との交流の中で、この物語は作られ享受された。現代に喩えれば、それは同人誌的なサークルだったかもしれない。その範囲に父や伯父が仕えた具平親王や親王に仕える女房達が含まれていたかもしれないが、ごく限られた範囲であることに相違はない。一方で『紫式部日記』の回想の中で、この物語をめぐって「いつもは縁遠い人の許につてを頼って便りを送った」と書いていたことは興味深い。この「縁遠い人」が誰かははっきりと書いていないのでわからないが、物語を梃子《てこ》にこれまで付き合いのなかった人にまで積極的に交流を求めていたことがうかがわれる。このこととのちに彰子の許に出仕することになったことを結び付ければ、それまで疎遠であった人とは、道長の正妻で、彰子の母である源倫子《りんし》周辺の人であった可能性が浮上するのではないだろうか。紫式部と倫子は再従姉妹の関係にある。これまでの紫式部の人生を通して、この宇多源氏の流れを汲む名門左大臣源雅信《まさのぶ》の娘倫子と、この血縁のほかに接点が見出しにくいが、『源氏物語』を媒介にする形で、紫式部から交流を求め、この物語を読んだ倫子が夫の道長に娘の許への宮仕えを提案したという流れも想定できるのではないだろうか。そうだとすると、彰子への出仕は、むしろ紫式部のほうから積極的に種を蒔き、仕掛けたことが実現したということになるだろう。『源氏物語』は紫式部の人生を新たなステージに押し上げたのだが、それは偶然ではなく、自ら望んだ自己実現であった可能性も考えておきたい。いや、むしろ自作の物語への強い思いが、この物語をより大きなステージで読まれるものにしたいと願うことに繋がったと考えたほうが正確ではないか。
しかし、このような推論を否定するかのように、『紫式部集』には、宮仕えに出た際の強い憂いを表出した歌が記されている。

　初めて内裏《うち》わたりを見るに、もののあはれなれば
身の憂さは心のうちにしたひ来ていま九重《ここのえ》ぞ思ひ乱るる（九一）
（我が身の憂いは心の中にずっと離れず追ってきて、今宮中にあって、幾重にも思い乱れているこ とです）

初めて内裏を見るにつけ、悲しみが募るという詞書に続けて、紫式部は、「九重」に宮中の意と、幾重との意を懸けて、宮中にあって、幾重にも思い乱れる心情を詠んでいる。
また次のような歌もある。

正月十日の程に、「春の歌たてまつれ」とありければ、まだ出で立ちもせぬ隠れ処にて、

み吉野は春の景色に霞めども結ぼほれたる雪の下草（九四）

（雪深いみ吉野の地は春の陽気に霞んでいますが、凍てついた雪に埋もれた下草は、まだ萌え出だすことができません）

これも出仕して間もないころであろう。新春に中宮彰子から、「春の歌を献上しなさい」という命が下った。早速、紫式部に活躍の場を与えようという配慮であろう。しかし紫式部は、宮中ではなく、まだ隠れ処にいるのだった。隠れ処というのは、晴れがましい宮中ではなく、自宅にいることを比喩的に表現しているのだろう。紫式部は出仕してすぐに自宅に引き籠ってしまったようなのだ。

み吉野とは、当時雪深いことで有名だった吉野の地を指す。その地で雪に埋もれる下草は紫式部自身のことを言い、宮仕えの場から、すぐに引き籠ってしまった自分自身を喩えているのである。そして、そのような自分の現状を詠むことで暗に中宮さまの慈悲にすがって、宮仕えの場に再び出たいという思いも言外に込められているのだろう。

宮仕え女房が出仕に際して、このような憂いを表出するというのは、実は理解できないことではない。女房といっても、貴族の子女である。自宅では、女房にかしずかれる身の上であり、集団生活をしたこともない。初めて出仕した時には、清少納言も緊張のあまり、主人の中宮定子の美しい手しか目に入らなかったと告白しているし、菅原孝標女も初めて女房達の間で寝て、まんじりともできなかったと述べている。しかし、紫式部が出仕に際して感じていた憂いは、こうした辛さとは異質で、さらに深刻であろう。そのことを考える上で、『紫式部日記』の中に、まわりの女房達が紫式部に向かって次のようなことを言ったという記述があることは注目される。

こんな人とは思ってもいませんでした。ひどく風流ぶって気づまりで近づきづらく、よそよそしい様子で、物語を好み、気取っていて、何かと歌を詠み、人を人とも思わず、憎らしげに、人を下に見るような人だと、みんなで言ったり思ったりして憎んでいましたのに、実際お会いしてみると、不思議なほどおっとりして、別の方かと思いましたよ。

絶対に同僚にも友達にもしたくないような強烈な人物像である。紫式部によって大げさに増幅して書かれている可能性も否定できないが、物語を好み、やたらと風流ぶって、和歌を詠みまくるというのが、宮仕えに上る以前に紫式部に持たれていたイメージなのだった。これは紫式部の実像からもたらされたものではなく、鳴り物入りで迎えられた物語作者に対する反感であったろう。『紫式部日記』はそのようなイメージに抵抗するように、おのれの学才を努めて隠し、おっとりとすごす宮中での処世が記されているが、自分を殺した生き方を選ばなければならないほど、それだけ紫式部の出仕を歓迎しない雰囲気があったと考えられる。

そのような自分に対する空気を敏感に感じて、紫式部は出仕早々から宮中に忌避感を抱いたのではないだろうか。そして、おのれの才をひけらかさないように過ごすことで、次第にまわりの女房達に受け容れられていったらしい。『紫式部日記』には出仕後から三年前後の紫式部の様子が記されているが、そこには親友といってもよい女房の存在が記され、新参意識はあるものの、宮中生活に慣れつつある自らを省みる記述がある。

さて、出仕した後も、『源氏物語』は書き進められたことであろう。『源氏物語』は光源氏と内大臣（かつての頭中将）との宮中での覇権争いがほのめかされるなど、恋物語の背後に政治的な側面が書き込まれている。現在の『源氏物語』研究でも、この物語の政治性は有力な研究テーマである。また宮廷の儀式も細やかに描き込まれている。このような宮廷を舞台にした展開に出仕体験が反映しているのは間違いない。『源氏物語』の初期の巻々が紫式部の出仕に繋がったのは確かだろうが、現在のような骨太の作品に成長していったのは、道長や彰子をパトロンとする、出仕以後のことだったろう。当時、紙は貴重品であり、広い読者層という意味でも、女房を配下に持った宮廷サロンが、物語が生成され、消費・享受される第一の場であったと考えられる。今でいうサークルのような閉じられた享受圏から、開かれた、公的な場へと『源氏物語』は踏み出していたのである。

『紫式部日記』には中宮彰子の待望の皇子出産と産養《うぶやしない》が描かれている。のちに後一条天皇となる敦成《あつひら》親王の誕生は道長の栄華を盤石とする慶事であった。その慶事に立ち会った女房のドキュメンタリーのような性格もこの日記は持っている。紫式部にとって、中宮彰子の皇子出産に立ちあえたことは女房生活でも重要な経験だっただろう。『日記』には、宮中での紫式部の女房としての動きや思念が子細に記され、紫式部の宮中生活を知るうえでも貴重である。また『源氏物語』が宮中で広く読まれていたことが『日記』の記述から確認でき、『源氏物語』の同時代享受を知るうえで重要な証言ともなっている。中宮のお産や宮中生活をめぐっては、『紫式部日記』の記述を中心に第三章で詳しく見ていくことにしたい。

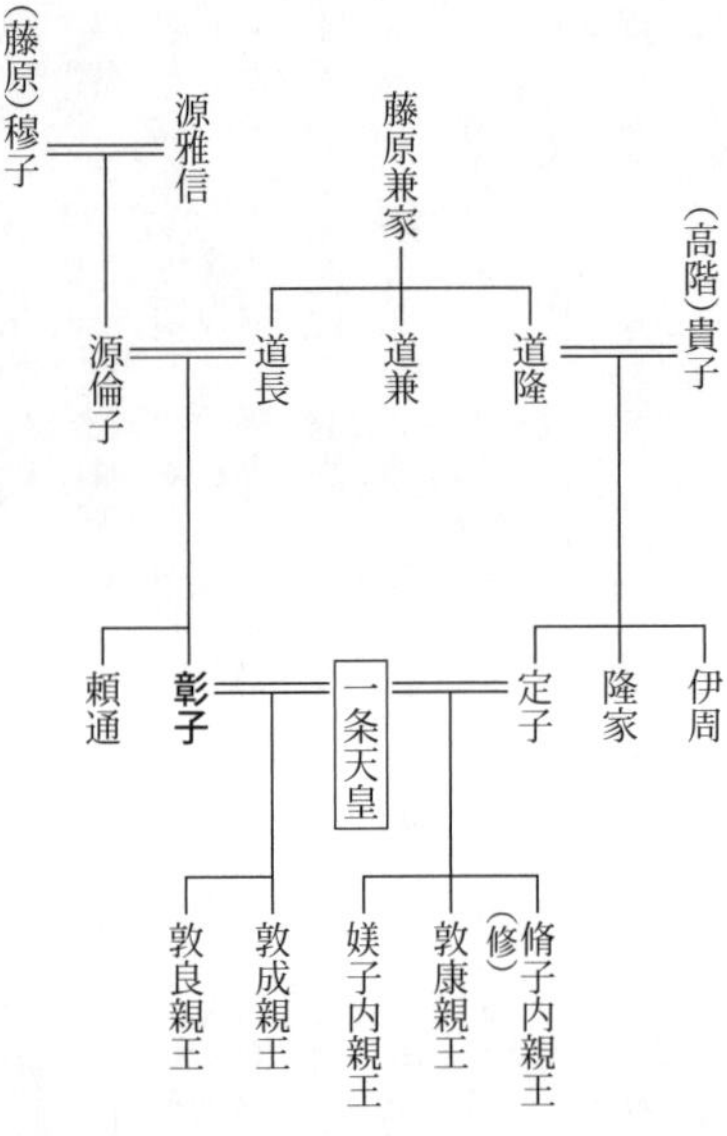

中宮彰子関係系図

紫式部の晩年

『紫式部日記』の記述は寛弘五年（一〇〇八）秋から途中断続的になりながら、寛弘七年（一〇一〇）正月で終わっている。その間、中宮彰子は寛弘五年九月の敦成親王に続いて、寛弘六年（一〇〇九）十一月に敦良《あつなが》親王、のちの後朱雀天皇を生んでいる。道長は二人の外孫を手中におさめ、よりその権力基盤は強化された。

さて紫式部のその後の動向は残念ながら断片的にしかわからない。寛弘八年（一〇一一）二月、父為時が越後守に就任、現地に赴任したが、今度は、紫式部は京へ残ったようだ。中宮彰子女房として重きをなしていたためだと考えられる。『紫式部日記』にも、彰子とともに『源氏物語』の豪華な写本を制作したり、漢籍に関心を抱いた彰子に『新楽府《しんがふ》』を進講したりするなど、特別な信頼関係が記されている。時とともに、その信頼は深まった

彰子（左）に『新楽府』を進講する紫式部（日本古典文学会編『紫式部日記絵巻』より）

ことであろう。寛弘八年六月に、一条天皇が三十二歳の若さで崩御した。二十四歳で、中宮彰子は喪に服すことになる。四十九日が過ぎた十月に中宮彰子は、一条院内裏から枇杷殿に移った。ちなみに一条天皇の御代は内裏が火災で焼失したため、仮に一条院が内裏として使用されていた。紫式部は仮の御所である一条院内裏しか知らないのである。さて『栄花物語』岩蔭巻は紫式部が次の歌を詠んだことを伝えている。

ありし世は夢に見なして涙さへとまらぬ宿ぞかなしかりける

（一条天皇がご生前にともに過ごした日々は夢の中のことだったと思おうとしても涙が止まらないように、この一条院に留まることができず、新しい邸宅へいくのが悲しいことだよ）

この歌は藤式部が詠んだと書かれていて、紫式部の正式な女房名が藤式部であったことが確かめられる。また、同じく『栄花物語』日蔭の蔓巻には、新帝（三条天皇）の司召《つかさめし》（新たな官職に任命する儀式）で世の中が騒いでいるころに、次のような歌を紫式部が詠んだと記している。一条天皇の回向《えこう》のためにひたすら念仏を唱え、生前の一条天皇のことを恋しく思っている彰子に寄り添った歌であった。

雲の上も雲のよそにて思ひやる月は変わらず天の下にて
（雲の上のような宮中での生活に宮中から離れた場所〈枇杷殿〉で思いを馳せています。月は変わらず天の下にあります。日である一条天皇は亡くなられましたが、中宮さまはなお天の中心に輝いています）

これも藤式部が詠んだと書かれている。紫式部は一条天皇を喪った中宮に引き続き仕え、支えていたのである。歴史物語の『栄花物語』が紫式部の詠んだ歌を記したのは、中宮側近女房として名実ともに重要な存在であったことを示しているのだろう。

しかし、その後、『栄花物語』は紫式部（藤式部）について触れることはない。一方で、紫式部の姿は『小右記《しょうゆうき》』という漢文日記の中に登場する。漢文日記とは、文字通り、漢文で書かれた日記で、当時の男性貴族が日々の政務や儀式に関わることを記録として記し留めたものであった。『小右記』を記したのは、藤原実資《さねすけ》という最終的に右大臣にまで上った藤原氏の重鎮ともいうべき人だった。小野宮家という藤原氏の中でも名門に生まれ、有職故実にも通じていた。長和二年（一〇一三）五月二十五日の条に、「越後守為時女」が登場する。この人が紫式部であることは、彰子に仕える女房とあることから間違いない。

その内容は東宮敦成親王が病気になり、見舞いに参上できなかったお詫びを、養子の資《すけ》平《ひら》を皇太后彰子（前年に皇太后となっていた）の許へ派遣して伝達させた。実資も右頬に腫物が出来て静養中だったのである。帰ってきた資平からの報告では、取次役の女房を介して皇太后彰子にお詫びを伝えたということだった。この女房には、いつも皇太后に啓上する必要がある際に取次役を依頼していた。その女房の話では、東宮の病状は重くはないが熱はまだあり、また道長もいささか病の気があるという。

この時代、后や皇太后などに男性貴族が何か伝えたいことや頼み事がある場合は、懇意にしている女房を介して申し入れることが一般的だった。『小右記』の記述は、実資がこれまでも彰子に伝えたいことがあった際には紫式部を介して行っていたことを伝えている。藤原実資（資平も）は紫式部と懇意であり、信頼していたのである。ここでの紫式部のことばがどこまで紫式部自身のことばなのか、彰子からの返答をそのまま伝えているのかは微妙な問題が残る。いずれにしても彰子はまだ幼い東宮の母であり、東宮を庇護し、また事実上、その権力を代行する立場から政治的に重きをなしていた。近時、再評価が進んでいるように、彰子が政治上、果たしていた役割は重く、彰子の意志は常に重んじられていた。『小右記』には、資平の任官を彰子に頼んだという記述もある。そのような場に彰子の側近として仕えていた紫式部は、私達のイメージする文藻にのみ生きる者ではなく実務に精通し、的確な対応力を備えた優れた女房であったことは押さえておく必要があろう。

『小右記』の中で、彰子を「賢后」（長和二年二月二十五日の条）と称賛するなど高く評価し、実資は彰子の意向を常に尊重していた。『小右記』の中には、道長におもねる諸卿達に厳しいことばが並び、道長への批判的なことばも散見されるが、彰子に対して批判的なことばは一切見られない。道理を重んじ敵対勢力にも寛大な態度で接する彰子に、筋を通し是々非々の姿勢を崩さない硬骨漢・実資はシンパシーを抱いていたのである。そのような信頼関係の構築に紫式部も一役買っていたのであろう。実資が紫式部を仲介役に選んだのは、女房としての実務能力を高く買っていたことを示すのではないだろうか。時に道長と融和し、特に道長の死後は息子頼通と協調しながら、最終的には右大臣という高官の座に上った実資は怜悧《れいり》で現実的な政治家でもあった。

なお、この記事以降、紫式部の存在は諸資料に引見されず、この記事から遠からぬ時期に亡くなったかとされていたが、その五年後の『小右記』寛仁三年（一〇一九）正月九日の条に、彰子に言上する際に、仲介する女房が登場する。その女房の昔を懐かしむ言葉から、これも紫式部であり、さらに五月十九日の条に登場する女房も同じ人物と考えられることから、現在、寛仁三年までは生存していたと推定するのが通説となっている。その年の紫式部の年齢はこれもまた推定で四十七歳である。

紫式部の生涯を概観してきたが、生年とともに、没年も不詳である。これ以後、紫式部の姿は確認できないので（西本願寺本『兼盛集』に付された歌群に紫式部の死に直面した娘賢子の和歌があるが、詠作年ははっきりしない）、この寛仁三年（一〇一九）五月から数年のうちに亡くなったのではないか。そうだとすれば、ほぼ彰子付き女房として現役のまま、亡くなったようなもので、紫式部の後半生は彰子に捧げた人生であったと言えよう。『紫式部集』も晩年に編纂されたと考えられているが、具体的にいつだったかわからない。

紫式部と重なる時期があったか、あるいは人れ替わりだったのか、これも不明だが、娘賢子が彰子の許に出仕する。時は流れ、万寿二年（一〇二五）、賢子は彰子の妹嬉子《きし》が後朱雀天皇との間に生んだ親仁《ちかひと》親王の乳母になる。この人事は女院として後宮で隠然たる力を持っていた彰子の差配であり、長年自分に仕えてくれた紫式部への、彰子からの感謝のしるしであったと考えられる。親仁親王は後に即位して後冷泉天皇となり、賢子は三位の位に上る。当時、天皇の乳母になるというのは、中流貴族の娘が多い宮仕え女房にとって望みうる最高の栄達であった。皇族の乳母は宮中で活躍した才女が選ばれることがあり、養育過程でそうした教養の伝授も期待されたのだろう。この賢子が『百人一首』の和歌でも名高い、大弐三位である。『栄花物語』根あはせ巻は、後冷泉天皇が風流で優美な人に育ったのは、大弐三位の養育のおかげだと記している。

紫式部は早くに父を喪った娘を見事に養育するとともに、その輝かしい人生のレールを敷いていたのだった。紫式部の人生は『源氏物語』によって切り拓かれた。彰子との信頼関係の根底に『源氏物語』があったことは確かだろう。しかし、そのような物語作者であるだけではなく、紫式部が宮廷社会で実務に有能な女房であり、母であったことも見逃してはならないだろう。

第二章　女房とは何か——平安時代貴族女性の社会進出

女房と文学

　第一章では、紫式部の人生を『紫式部集』に収められた和歌や『紫式部日記』の断片的な回想の記述を中心に素描した。本章では宮仕え女房とは何か、女房になることは、当時の貴族女性にとってどのような意味を持っていたかを中心に見ていく。紫式部の人生を大きく変えたのが中宮彰子の許への出仕であった。『源氏物語』が今日見られるような長編物語として残されたのも、紫式部が女房として出仕して、道長や中宮彰子の庇護の許で創作にあたっていたことと深く関わっていたのである。

　女房とは、宮中や貴族の家に仕えた女性のことを言う。女房の「房」とは、部屋のことで、屋敷の中に部屋を与えられた侍女というのが「女房」の原義である。そう言うと、「住み込みの家政婦さん」といったイメージを持たれるかもしれない。確かに紫式部も内裏（一条院内裏）や道長の邸宅の中で部屋を与えられている。ただし、平安時代の宮中に仕える女房は雑務や労働をするというよりは（そうした労役をする女性は下仕《しもづか》えと言われた）、儀式などに参加して華やかに彩ることに加えて、主人の話し相手になったり、和歌を詠んだりするような、より知的な奉仕を求められていた。特に、天皇の許に娘を入内させる場合は、教養と才知にあふれた、優れた女房を集めることが必須とされた。そのような華やかなサロンを作ることで、より天皇の后の許への来訪が増え、寵愛が深まることが期待され、皇子誕生の可能性も高まった。後宮で幼少期を過ごすことが多かった天皇は後宮サロン文化の理解者でもあったのである。また男性貴族達がサロンに出入りし、女房達と洗練された会話や交流、風雅な和歌のやりとりを楽しむことは、主人である后の名声を高めることにもなった。サロンの雰囲気は、主人の管理・監督を示すものとも考えられていたのである。

そのため、后の保護者的な立場にある者、主として父親は娘の女房の人選に腐心することになった（もちろん陰で母親も協力していただろう）。紫式部が中宮彰子の許に仕えたのは、『源氏物語』の作者として、今後この物語を娘の許で書き継いでもらいたいと道長が願ったためだと推察される。紫式部を彰子の女房集団に迎えることで、その名声を高め、一条天皇の関心を引こうと考えたのであろう。

一条天皇は若き日に、道長の兄道隆の娘定子を后とし、定子の許には清少納言が仕えていた。清少納言は男性貴族達と漢籍の教養などを背景に丁々発止と渡り合った。その辺りのことは『枕草子』に詳しく書きとどめられている。定子の兄弟である藤原伊周、隆家や藤原斉信《ただのぶ》、藤原行成《ゆきなり》、藤原公任、源俊賢《としかた》（斉信、行成、公任、俊賢の四人は一条朝の四納言《よんなごん》といわれ、秀才を謳われた）、源経房《つねふさ》ら、綺羅星のような貴公子達は、定子サロンを訪れ、清少納言とやりとりをした。打てば響くような清少納言の応対は、機知にあふれ、大変魅力的に映る。一方で、清少納言の機知に、称賛を惜しまない男性貴族や周囲の女房の様子が『枕草子』に大げさに感じられるほど記されていることから、清少納言は自画自賛が多い、『枕草子』は自慢話集だといった否定的な見方もある。しかし、この時代の女房への称賛は事実上、そのような活躍の場を与えている主人への称賛でもあり、その見方は当たらないだろう。女房の管理が主人の責任であったのと同様に、女房への称賛は主人への称賛であったのである。

中宮定子の母・高階貴子《たかしなのきし》は、中流貴族で、学者の家であった高階家の出身で、高内侍《こうのないし》の女房名で、天皇の許に仕え、宮中で活躍した女房であった。今でいう、職場恋愛のような形で、摂関を継承する家の御曹司藤原道隆と結ばれたのである。高階貴子は漢籍に明るく、当時漢籍の知識を表に出すのを忌避するような状況下で、その教養を隠さなかった、開明的な女性であった。

娘定子や息子伊周らが漢籍に詳しかったのは、この母の影響だろう。そのような漢学の才（漢才ともいう）を重んじる環境ゆえに、清少納言は漢籍の教養を背景に、男性貴族と堂々と渡り合えたとも言える。『枕草子』に書かれた、定子が「少納言よ。香炉峰《こうろほう》の雪はいかがかしら」と尋ねたところ、清少納言は格子を上げさせて（格子は重いので、下仕えに命じて上げさせたのだろう）、御簾《みす》を高く巻き上げた（これは清少納言自身で行ったと思われる）という有名なエピソードは、白居易《はくきょい》の漢詩の一節「遺愛寺の鐘は枕を欹《そばだ》てて聴き　香炉峰の雪は簾を撥《かか》げて看る」を踏まえたパフォーマンスであった。直接ことばで漢詩の一節を応えるのではなく、行動で示したところが意表を突いていて、スマートでもあったのだろう。それを見て、定子はお笑いになった。その笑いとは、清少納言の振る舞いに、我が意を得たり、という満足の笑いであるが、そもそも定子の問いが清少納言のこのような回答を導いたわけで、主従の連携プレーの趣がある。定子も白居易の漢詩をよく知っていたので、このやりとりが可能になったのだ。定子の笑いをもって、このコンビネーションは完結したと言ってよいだろう。このエピソードは、一連のやりとりを見たほかの女房が「この中宮定子に仕える女房はこうあるべきなのでしょう」と述べたということばで終わっている。これも自慢というわけではない。主人の意図を汲んで、ただちに機知に富んだ回答を示すという、打てば響くような即興性、いわば「機知の瞬発力」を定子のサロンは重んじていたことがわかる。清少納言の漢詩文の教養に裏付けられた機知も、もちろん清少納言の個性が発揮されているが、主人定子の統率する気風の中にあった。『枕草子』は跋文《ばつぶん》に拠ると、中宮定子から清少納言に下賜された美しい高級な紙に書かれたらしい。そうだとすると、『枕草子』は定子の命によって書かれたに等しい。定子がスポンサーというわけである。『枕草子』は、定子サロンの公的な作品としての性格も持ち合わせていたことになる。

ところで、中宮定子サロンで清少納言が活躍していたころ、中宮職という中宮に関わる事務を司った役所の長官（中宮大夫《だいぶ》）はほかならぬ藤原道長であった。『枕草子』の存在も定子に近侍する道長は当然知っていたに違いない。このような文才ある清少納言を配下に持ち、一世を風靡していた定子のサロンをかつて間近に見ていた道長が、娘彰子の許に清少納言に対抗し得る女房を迎えようと思ったことは十分推定される。紫式部を迎えた時点で、定子は亡くなっておよそ五年経ち、清少納言も宮中を退去していただろうが、彰子は中宮という后の第一の座にあったとはいえ、懐妊の兆候はなかった。そのような中で、彰子配下の女房集団への梃子入れのために、清少納言のような役割を期待されて紫式部の出仕が求められたのだろう。そして『枕草子』に対比されるのが、『源氏物語』となり、紫式部の招聘は、単なる一女房の出仕ではなかったことがうかがえる。そうした鳴り物入りで出仕することへの反発が彰子サロンの中にあったとすでに記したが、この事情が紫式部の心に、清少納言への強い意識を植え付けたことは容易に推察される。

このように平安時代の後宮には才知あふれる女房が集められ、女房達が作る和歌や物語・日記・随筆などが王朝文化を華やかに彩った。平安時代の文学は女房という存在を抜きにして語ることはできないのである。

女房達の現実

後宮には、清少納言や紫式部のような后に仕える女房（「宮の女房」と言われた）に対して、天皇に仕える女房もいた（「上《うえ》の女房」「内裏《うち》の女房」とも言われる）。前者が后やその庇護者から私的に雇われた女房であるのに対して、後者は公的な職掌を持ち、位階も持っていた。「上の女房」のトップは、内侍司の長官・尚侍《ないしのかみ》である。内侍司は天皇のことばを臣下に伝達したり、臣下のことばを天皇に取り次いだりするなどの職務のほか、後宮の儀式などを司った。尚侍は平安時代中期には天皇と男女の関係を持ち、后妃に準ずる立場となった。内侍司の次官が典侍で、先に触れた紫式部の娘賢子が任じられた職掌である。尚侍が后妃化してからは、実際には典侍が内侍司のトップで、三等官の掌侍《ないしのじょう》とともに職務にあたった。いわば天皇の女性の秘書である。ちなみに男性の秘書は蔵人と言われ、そのトップである秘書室長が蔵人頭である。さらに付言すると、平安時代後期になると、天皇の子を生む典侍が増えてきて、典侍も后妃化する。ただし、「宮の女房」の中にも、「上の女房」と同様に職掌・位階を持つ者がいた。そこから紫式部も何らかの職掌、位階を持っていたとする説もある。しかし、女房の職掌の実態は不明な点が多く、本書はこれ以上踏み込まない。

先述したように、清少納言も紫式部も、地方の国司を歴任した受領層の娘である。和泉式部や赤染衛門、伊勢大輔など、現在もその名が知られる同時代の女房達はみな同じような受領の娘であり、中流貴族の子女であった。出仕に至った経緯は異なるが、その才知を認められて出仕に至ったのである。宮仕えは当時の貴族女性にとって、社会進出であり、社会参画のようなものであった。大概の貴族女性は実家に定住して、夫が通ってくるのを待っていた。子どもが生まれれば、妻の実家で育てられた。正妻となって夫に引きとられ同居する妻もいたが、いずれにしてもそのような狭い世界とは違う貴族女性の生き方が生まれていたのである。ちなみに『もしも紫式部が大企業のＯＬだったなら』(井上ミノル、創元社）というマンガは紫式部をはじめ清少納言や和泉式部ら著名な宮仕え女房達を大企業のＯＬに喩えて、女房達の個性的なキャラクターを現在に蘇らせている。そのバリバリ働く女性という喩えは当時の女房の一面を確かに伝えているだろう。

ところで、当時、女房が貴族社会の中で、どのように受け止められていたかを知るうえで、清少納言が貴重な証言を残している。『枕草子』の「おひさきなく、まめやかに」段である。この段では、しかるべき身分の娘は宮仕えをさせて、世の中のありさまを見せて慣れさせたく、典侍などでしばらくでも出仕をさせたいと述べる。続けて、清少納言は女房のことを悪く言う男性貴族の存在に言及する。

宮仕えをする人を軽薄で良くないことのように言ったり思ったりしている男性がいるのはとても憎らしい。しかし、それは一理あることではある。宮仕えに出たら、口に出すのも恐れ多い帝をはじめとして、上達部、殿上人《てんじょうびと》、五位、四位の位の人は言うに及ばず、顔を合わせない人は少ないことだろう。女房の従者やその実家から来る人、宮中で雑用やお手洗いの掃除をする女性にまで、恥ずかしがって顔を合わせず隠れているわけにもいかない。

この時代の貴族女性は、相手となるべく顔を合わせないことが嗜みとされていた。御簾や几帳の陰にいて、顔を扇で隠すなど、特に異性から極力顔を見られないように努めていたのである。宮仕え先は相手に見られるリスクが高い場所で、男性達や宮中で働く身分が低い女性達の視線にさらされる機会は多かった。そうした環境が男性貴族達の宮仕え女房を軽薄で良くないとする印象に繋がっていて、清少納言も一理あると認めていたのである。華やかな舞台で活躍する女房に対して、そのような否定的な見方があったことは見逃すことができない。清少納言もたえず女房に対する、男性側の「顔を見られてしまって、はしたない」という批判を意識していたのだ。

それに対して清少納言は反論を加えている。宮仕えを引いた後で妻に迎えて、奥様として屋敷の奥で大切にかしずかれるのは、確かに奥ゆかしい感じはしないかもしれないが（宮仕え時にその容姿や言動が知られているからだろう）、賀茂祭の日に、祭の使いの内侍の行列に加わるのは夫としても名誉なことだろうと述べる。宮仕え女房が結婚・退職後、儀式などに呼ばれて参列することがあったらしい。続けて、次のように述べて、この段は終わっている。

宮仕えの後、家庭に引き籠るのは、ましてすばらしいことだ。受領が五節の舞姫を差し出す折など、ひどく田舎くさく、わからないことなどを人に尋ね聞いたりはしないだろう。そうした妻は奥ゆかしいものだ。

退職した後、ずっと家にいる元女房の妻について言及している。五節の舞姫とは、十一月の、中の丑から辰の日にかけて四日間行われる、大嘗会や新嘗祭の舞楽に奉仕する舞姫である。舞姫は、それぞれ担当する公卿と受領が二、三人ずつ選んで、装束や介添役も含めて差配した。眉目秀麗な少女が選ばれ、舞を舞うので、特に若い男性貴族にとって楽しみな行事であったことが『紫式部日記』にも書かれている。美しい舞姫を準備しプロデュースすることが担当の公卿と受領に課せられていた。ここでは元女房を妻にした受領は、宮中に詳しい妻のお陰で、他人にあれこれ尋ねることなく洗練された形で役目を果たすことができると述べている。宮仕え女房はこうした形で内助の功を果たせますよ、と清少納言は言っているわけだ。それこそが真に奥ゆかしい妻なのだとも言っていて、多分に女房は軽薄で奥ゆかしくないという評価を意識した反論となっている。

確かに宮仕え女房は宮中の事情に精通しているのだから、そのような実利に結びついた面があるだろう。その一方で、清少納言が強く反論しなければならないほど、女房に対する偏見も強かったことがわかる。

女房の光と影

とはいえ、強い逆風はあったにしても、中流貴族の子女が宮仕えに出ることは、その親族にとってもメリットは大きかった。女房は高貴な人達の近くに侍することになり、年二回（春・秋）の人事異動に際して、積極的に親族の売り込みを行った。『紫式部日記』にも、生まれてきた皇子に関わる新たなポストに自分の親族を売り込む機会を逸して、残念に思う記述がある。また先にも触れたように、女房は皇族の乳母に選ばれることもあり、乳付《ちっ》けをした主人が天皇になれば、宮中で大きな力を得ることができた。一条天皇の乳母・橘徳子《たちばなのとくし》は橘三位とも呼ばれ、典侍にまで上り、夫藤原有国《ありくに》ともども絶大な権限を持っていたと言われる。藤原有国は有能な官吏であったが、中流貴族であり、その力は妻が天皇の乳母であったことが大きく関わっていたであろう。

そのような親族にも栄達をもたらす女房であったが、所詮、使われる身であることに違いはない。家に定住する貴族女性にはおよそあり得ないようなストレスもかかってくる。男性達の視線にさらされるのももちろんだし、積極的に覗きに来る輩もいただろう。ずっと家族の中で過ごしてきた女房にとって、集団生活も苦痛の種であったはずだ。何せ中流とはいえ、貴族であり、家ではお姫様として侍女にかしずかれる立場なのである。

そして、紫式部の生きた時代、女房達の在り方にも変化が訪れていた。中宮彰子の女房達は彰子の入内時に四十人余りいたという（『栄花物語』かかやく藤壺巻）。大規模な女房集団が初めから準備されたのは、娘に箔をつけたいという道長の配慮であったろう。質量ともに圧倒的であったことに加えて、彰子付き女房は身分が高い女房が多かったのも大きな特徴であった。『紫式部日記』には少なからぬ上臈《じょうろう》の女房が登場する。その中の宰相の君は大納言藤原道綱《みちつな》の娘であり、道長の姪にあたる。小少将の君、大納言の君は紫式部と親しい関係にあったが、どちらも宇多源氏の血を引き、道長の正室倫子の姪にあたる。

『小右記』長和二年（一〇一三）七月十二日には、近ごろ、太政大臣及び大納言以下の息女が父の死後、宮仕えに出る趨勢にあることが記されている。長和二年と言うと、『紫式部日記』の記事冒頭から五年の歳月が流れ、御代も三条天皇に代わっていた。この記述は源憲定《のりさだ》が皇太后彰子から娘の出仕を求められ、藤原実資に相談したことが発端となっている。源憲定は為平《ためひら》親王の息子で高貴な家柄だった。このような高貴な人の娘が宮仕えに出るような傾向は、世間の人が批判とするところだ、と実資は記している。宮仕え女房をめぐるネガティブな見方は依然として根強くあったことがわかる。そして、一方で道長が進める、より身分が高い女房に出仕を要請する傾向と対立する状況を作っていたのである。この女房の上臈化も、より女房集団を特別な存在にしようとするねらいが込められていたのだろう。後宮政策の一環と捉えられる。

しかし、身分が高い人であればあるほど、娘が出仕することは、その出仕先の相手に立場的に屈することになる。女房は、表現は良くないが、所詮、使用人に過ぎない。高貴な人にとっては、娘の出仕は屈辱ともなり得たのである。

『栄花物語』はつ花巻には、あの道長との政争に敗れた藤原伊周の臨終場面が描かれている。伊周は花山院を矢で射かける事件で失脚し大宰府に流されたが、赦されて都に戻ってきていた。しかし、かつての栄光の日々は遠く、不遇のうちに死の病の床にあった。

今の世の中の傾向として、立派な帝の娘や太上天皇の娘であっても、みな宮仕えに出ているようだ。この私の娘達にどうにかして女房として出仕してほしいという人が多いだろうな。これから話すことはとても大切なことだ。自分のため、末代までの恥と思って、決して、そのように出仕をするような外聞の悪いことはしないでほしい。

このような遺言を娘達に残して、寛弘七年（一〇一〇）正月に伊周は亡くなったという。『栄花物語』は史実を題材としつつも物語なので、脚色が含まれている。それゆえに伊周の遺言が実際このようなものだったかはわからない。ただこの時代に、上臈女房が増えている状況があり、また自分の死後、娘達が求められて出仕する可能性が十分あったことがうかがわれる。伊周の身にすれば、中関白家の御曹司として、栄光を極めた身であるだけに、娘が宮仕えに出ることは想像することさえ耐えがたいものだったろう。

実際に伊周の二女は伊周の死後、あの道長の娘・彰子の女房となり、帥殿《そちどの》の御方と呼ばれた。『栄花物語』に記された伊周の不安は的中した形である。運命の皮肉を感じざるを得ない。ただ、もちろん、道長が伊周というかつてのライバルの娘を女房として迎えたのは、勝者の振る舞いであることは否定できないが、社会福祉制度がない時代に父を喪った娘を女房として迎え入れることは、娘の自活の支援にもなった。この伊周の二女はその後、従兄弟である隆家の子良頼《よしより》の妻となり、さらに道長の四男能信《よしのぶ》の妻となっているので、相互扶助的な考えがあったことは否定できない。

紫式部が仕えた彰子の女房集団は、身分が高い女房達が集められた集団であった。そのような集団ゆえの苦労を紫式部も強いられていただろう。『紫式部日記』には、彰子付き女房に上臈女房が多いために、お嬢さん気質があり、何かと引っ込み思案であることが書かれている。そのため男性貴族達の間に、彰子サロンは消極的に過ぎるなど、芳《かんば》しからぬ評判があったことが記されている。もちろん高貴な血筋の女房がいることは、それだけ女房集団としての価値を上げることに繫がるが、すべて肯定的な面だけではなかったのである。

上臈女房は、本来であれば姫君としてかしずかれてもおかしくない身の上の者が逆にかしずかなくてはならないという、皮肉な存在である。上臈女房は、女房という存在の光と影の部分を如実に伝えているのである。

愛を受け入れる女房

女房の中には、主人筋の男性の愛を受け入れる者もいた。このような女房を平安時代では特に召人といった。主人の情愛を受け入れる女房はほかの時代にもいたはずだが、特に紫式部が生きた時代は、この召人が貴人の許に多く仕え、文学作品にも登場している。『栄花物語』はつ花巻に拠ると、『紫式部日記』で紫式部と歌を交わし、親しい関係にあった大納言の君という上臈女房は道長の召人だったという。道長の情愛を受け入れつつ、道長の娘彰子の許に仕えていたのである。女房名だけではなく、源廉子《れんし》という名も伝わっている。『栄花物語』はつ花巻に拠ると、この大納言の君は当初、源則理《のりまさ》の妻であったが、離婚状態になって彰子付きの女房として出仕した。大納言の君の美貌に道長が惹かれ男女の仲になったのである。人々は、道長が愛するような女性の許に通わなくなった源則理をなじったという。理不尽な批判という気もするが、則理に女性を見る目がないということだろう。

　道長の正室倫子にとって大納言の君は姪にあたる。この血縁に免じて、倫子は大納言の君が召人になったことを咎めなかったとも『栄花物語』は記している。紫式部と近いところにいた女房が召人であったという事実は、紫式部と道長との関係を考える上でも考慮に入れる必要があるだろう。具体的には、紫式部が道長の召人であったとする伝承との関わりである。この点については『紫式部日記』に、道長が紫式部に急接近する場面があるので、第四章で採り上げたい。

さて『源氏物語』にも召人が登場する。夕顔巻に、光源氏が通っている六条御息所の許に仕える中将の君が登場する。主人の許を訪れた光源氏とのやりとりはもっぱらこの中将の君が行っている。この女房は光源氏のお手が付いていて、召人だと考えられている。このように通い所にも情愛関係の女房がいることもあった。また光源氏の最愛の女性紫の上には、光源氏のお手が付いた召人達が仕えていて、紫の上は亡くなるまで、この女房達と和やかに過ごしていた。その点にも、紫の上が理想的な女性であることが示されているのだろう。そして紫の上亡き後、光源氏はこれらの召人達に囲まれて過ごしている。幻巻は、召人達とともに紫の上を追慕する一年間を描き、光源氏は物語から静かに退場している。

召人が紫式部の過ごした宮中に、ごく普通に存在していたことが、『源氏物語』に反映されているのだろう。しかし、召人は主人筋と深い関係を持っている点では、他の女房と差異化されているとはいえ、妻とは違い、おおっぴらに主人との関係を誇示できたわけではない。周囲の人も主人と男女の関係にあることは知っていたが、人前で口にすることは憚《はばか》っていたと言われる。先述の大納言の君も、おばの倫子の黙認によって、道長との関係が継続していた。

召人は召人に過ぎず、妻との間に圧倒的な身分差があった。葵巻で光源氏は紫の上と新枕を交わしているが、その前に中納言の君、中将の君という女房が光源氏の召人として登場している。その後、幻巻に亡き紫の上に仕えた女房として中納言の君、中将の君が登場する。この二人は光源氏の召人から紫の上付きの女房となったと考えられる。あくまでも召人は召人であって、中納言の君、中将の君は二人とも光源氏の妻になることはなかったのである。

ちなみに、平安文学の中には、女房が貴人の寝所に侍《はべ》り、足を揉むという場面がある。『栄花物語』みはてぬ夢巻には、花山院が寝所に足を揉みに来た中務という乳母の子とねんごろになったという記述がある（原文は「御足など打たせさせたまひける」）。『源氏物語』葵巻では、中将の君が光源氏の寝所に侍り、足を揉んでいる（原文は「御足などまゐりすさびて」）。中将の君は先に言及した、光源氏の召人であった。玉鬘巻では、昔馴染みの右近という女房が光源氏の寝所に侍り、足を揉んでいる（原文は「御足まゐりに召す」）。右近は夕顔の乳母子であり、夕顔亡き後は、紫の上に仕えていた。ほかにも成立時期は四十年ほど下るが『浜松中納言物語』巻二では、唐国から戻った主人公の中納言の寝所に、地方官の太宰大弐は娘を連れて行き、足を揉むよう娘に言ってその場を立ち去る（原文は「御足まゐらせさせ給はなむ」）。中納言は一夜を共にして、強くこの娘に惹かれるが、契りを結ばず再会を誓う。大弐の娘は女房ではないが、受領の娘で、召人がふさわしい身分である。

以上のことから、足を揉むことを意味することばが、女房が寝所に侍し、時にそれが男女の関係に発展し、夜の奉仕にも繫がることがわかるだろう。女房や、召人関係にある女房、女房と同等の身の上の人との関係性の中で使われているのである。一方で、妻に対して使われることはない（『浜松中納言物語』巻三に「御足などどうちすさませて」とあり、これを実質的な北の方である尼姫君に中納言が足を揉ませたとする説もあるが、仕える女房に揉ませたと見るのが穏当である）。この独特の表現からも、妻よりも低く置かれた召人の位置がおのずと見えてくる。召人が妻になることはない。あくまでもその関係は主人への奉仕に留まるのである。

『和泉式部日記』の世界

召人は平安時代の女房という存在を検討する上でも重要である。どこか日陰の者というイメージがつきまとう召人。あえて、そのような一般にあまり知られていない存在に言及してきたが、召人の違った一面を伝える作品に『和泉式部日記』がある。和泉式部と敦道《あつみち》親王との恋の始まりから、最終的に宮の邸宅に引き取られるまでの一年に満たない期間が記されている。『和泉式部日記』というタイトルで現在親しまれているが、伝えられる写本の多くが『和泉式部物語』という題名である。内容的にも和泉式部の視線が届かないはずの部分が書かれたり、和泉式部が「女」と呼称されたりして、和泉式部以外の第三者が創作したのではないかという説も根強くある。物語である可能性は今後も論じられるだろう。ただし、そこに描かれたことは全くのフィクションではなく、史実に取材していることは動かない。書かれた時代の考え方、概念を反映しているのである。つまり、『和泉式部日記』が和泉式部の自作でなかったとしても、この作品から、平安時代の召人を考えることができると言えるだろう。『和泉式部日記』の世界を深掘りすることで、召人の在り方が立体的に見えてくるのではないだろうか。

和泉式部は平安時代を代表する歌人である。情熱的な恋歌を多く詠み、恋多き女性と言われた。しばしばその恋愛はスキャンダラスに宮廷社会で話題にされたようである。元々、和泉式部は敦道親王の兄為尊《ためたか》親王の恋人であった。しかし長保四年（一〇〇二）の六月に急逝していた。和泉式部は橘 道貞《たちばなのみちさだ》という夫がいたが、為尊親王との恋によって離婚となったと言われる。為尊親王と敦道親王の兄弟は、冷泉天皇の皇子であり、兄弟の同腹の兄は東宮（のちの三条天皇）であった。

『和泉式部日記』は、兄の死の翌年の長保五年（一〇〇三）四月、敦道親王が和泉式部の許へ、かつて兄にも仕えていた従者・小舎人童《こどねりわらわ》を使いに出して、橘の花を贈るところから始まる。なお、敦道親王は大宰帥《そち》（大宰府の長官）でもあったことから帥宮と呼ばれていた（以下、帥宮と呼ぶことにする）。

橘の花の香りは、昔の人を偲ぶという有名な『古今和歌集』の歌「五月待つ花橘の香をかげば昔の人の袖の香ぞする」を踏まえたものである。「あなたも私同様に、亡き兄上を偲んでいますか」というメッセージだった。これを契機に、二人の仲は急接近して、帥宮は和泉式部の許に通うようになる。

帥宮は恋多き女という和泉式部の噂に、時々、引き気味になり、通いが滞りがちになりながらも、和泉式部の魅力（その魅力に歌を詠む力量も含まれる）に抗しきれず通っていく。この通いをめぐって、帥宮の乳母が帥宮に対して、「男達がたくさん通っている所なのだ」と和泉式部の男性関係の多さに触れつつ、「このようなつまらない女性は、通うのではなく、お召しになってお使いになったらよいのです」と説教をする記述がある。召して使う、というのは、まさに召人のこと。乳母は何かと醜聞があり、それ以上に身分が低い和泉式部の許に通うのは感心できず、自分の屋敷に呼び寄せて女房として使うべきだと言っているのである。和泉式部は、妻ではなく、召人がふさわしい人だというわけである。逆に、帥宮ほどの高貴な人が和泉式部の許へ通っていることの異常性を浮かび上がらせている。

なお、和泉式部を直接召人と書いていないことから、召人ではないと厳格に見る説もあるが、乳母のことばから、最終的に宮邸に居を定めた時点で、本来その身にふさわしい召人になったと見て自然である。
帥宮は素直に乳母のことばをもっともだと思い、暫時足が遠のくが、和泉式部のことを忘れることはできない。そうした中で、帥宮は思い切った行動に出る。同じ年の五月、和泉式部の屋敷を訪れた際に、和泉式部を車に乗せて別の場所へ連れ出したのである。

宮はやっとのことで女の家においでになって「われながらあきれるほど思いのほかご無沙汰してしまいましたが、冷たい男だと思わないでください。これもあなたが悪いのですよ。こうして私がお訪ねすることを不都合だと思う人がたくさんいるように聞いているので、私もつらいのです。何だか遠慮しているうちに日が経ってしまいました」と真面目な様子でお話しになって「さあいらっしゃい。今宵だけ、誰もいない場所があります。ゆっくりお話ししましょう」と言って、車をさし寄せて、強引に乗せようとなさるのだが、たいそう夜も更けてしまったので気づく人もいない。車をそっと人もいない細殿（渡り廊下）にさし寄せてお降りになった。月もたいそう明るく、「降りなさい」と無理におっしゃるので、困惑しながら降りた。「どうです。誰もいないところでしょう。今後はこういう場所でお話ししましょう。あなたの家だと誰か別の人が来ているかと気が引けて」などとしみじみとお話しされて、夜が明けると、車を寄せて女をお乗せになってしまうでしょうから、よそに行っていたと誰かに思われるのも不本意です」とおっしゃって、明るくなってしまうのですが、その場所にとどまりなさった。

この時代、女性を外へ連れ出して逢瀬の機会を持つのは、相手の女性を軽んじる行為であった。『源氏物語』夕顔の巻で、光源氏は通っていた夕顔を某院に連れ出している。その結果、夕顔は女の霊体にとり殺されてしまう。光源氏は夕顔を身分が低い女性だと誤解していた（実際は三位の中将という高官の娘であった）。帥宮が和泉式部を別の場所に連れ出したのも、和泉式部を軽んじ侮る思いがあったからであろう。帥宮はこの連れ出しについて、恋多き女という噂を盾に、ほかの男と鉢合わせするのが嫌なのだと言い訳しているが、和泉式部にとっても、ほかの場所へ連れ出されるという経験は、辛いものだった。

連れ出された先で非業の死を遂げるという関連では、『伊勢物語』の芥川段や『大和物語』の安積山段などがある。男によって盗み出された姫君が逃亡先でやはり亡くなるという結末を描いている。無理やりかどうかという相違点はあるが、自邸から離れた女が生命の危機的な状況に陥るという点では共通するだろう。その理由は自邸から女性が離れることに対する戒めなのか、あるいは家で祖霊を祀るのが女性の役割であったことの名残なのか、などさまざまに考えられている。

これらの物語とは異なり、実際には、和泉式部は連れ出された先で死ぬことはない。しかし、連れ出された先は現代の感覚からすれば、意外な場所だった。そこは帥宮の北の方（正妻）も同居している、帥宮の屋敷、冷泉院の南院（東三条院の南院とも）だったのである。平安時代の皇族の大邸宅なので、和泉式部が連れて来られたのはその邸宅の端であり、宮と一夜を過ごす分には、北の方も気づきようがなかった。

加えて、帥宮が和泉式部邸に通いながらも自分の邸宅に連れて来ているのは、実質、すでに召人として扱っていることでもあろう。最終的には、和泉式部は宮邸に引き取られ同居するが、その先駆けのように、帥宮は和泉式部を自分の邸宅に誘っているのである。

さらに興味深いのは、『和泉式部日記』が北の方の動向を記していることである。帥宮と和泉式部との関係が始まってすぐ、夫婦関係にすきま風が吹いていることが記されている。そして帥宮は、自宅で夜を過ごした翌日にも、和泉式部を同じ場所に連れ出したのだが、この宮邸に密かに連れて来られている時に、北の方は夫の帥宮が父の冷泉院の許に行ったと思っていたとわざわざ記している。

「……今夜はあなたの家が方塞がりになっていて、泊まれません。お迎えに参りましょう」と和泉式部の許に宮から手紙があった。ああ、みっともない、常に外泊するのは耐えきれないと思うけれども、宮は昨夜のように車でおいでになった。車をさし寄せて、「早く、早く」とおっしゃるので、ほんとうにみっともないことだなあと思いながら、部屋から膝行しながら出ると、昨夜の所でお話しなさる。北の方は宮が父の冷泉院のお屋敷に行かれたものと思っておいでになる。

北の方の心中が記されるのは、物語的であると言えるだろう。日記だとすると、その記述には、推測のことばが添えられたはずである。したがって、和泉式部の自作だとすると、物語のように自己の体験を記したと考えるのが自然である。その足下というべき場所で、宮と和泉式部は夜を共にし、北の方はそのことを知らなかったと書かれている。終末部の宮邸入り以降、和泉式部と北の方の両者の関係が前景化するが、すでにそのような書き方が現れていることに注意したい。

さて、さまざまな紆余曲折を経て、和泉式部は宮邸に引き取られる。宮の女房として、宮邸に入ったのであった。乳母の忠告が果たされたのは、二人の関係が始まってから九ヵ月も経とうというころである。それまで妻として遇しているとは言えないものの、宮は和泉式部の許に通っていた。通う関係と召人としての関係。どちらが女を重んじる関係であるか、あらためて言うまでもない。しかし、この『和泉式部日記』では、宮と和泉式部の心の結びつきによって、宮邸入りが実現したような書かれ方になっている。『和泉式部日記』は百四十七首に及ぶ、宮と和泉式部の歌のやりとりによって成り立っている。

特に、十月十日の夜、宮が和泉式部の家を訪れた際の一夜の記憶を宿す「手枕の袖」という歌語を詠み合う部分は大変印象深い。その夜、月は曇り、時雨が降り、ぞっと寒気を覚えるような風情の中、和泉式部の横たわる姿を見た帥宮は「世間の人がこの女をけしからん女のように言うが、不思議なことだ。ここにもの思いがちで臥しているよ」と思った。帥宮はスキャンダルにまみれ、何かと批判の対象となる女の、本当の姿を自分だけが知っていると思ったのである。

宮は和泉式部を揺り起こし、

時雨にも露にもあてで寝たる夜をあやしく濡るる手枕の袖

（時雨にも露にも当てないで共寝をしているのに、不思議と私の手枕の袖が濡れることですよ）

と詠みかけた。それに対して、和泉式部は、

今朝の間にいまは消ぬらむ夢ばかりぬると見えつる手枕の袖

（今朝の内にもう乾いて消えてしまったでしょう。ほんのわずかの仮寝で濡れたように見えた手枕の袖は）

と返歌をしている。
それに対して宮が、

夢ばかり涙にぬると見つらめど臥しぞわづらふ手枕の袖

（ほんのわずかの涙で濡れたと思っているようですが、実のところ、臥すのに困ってしまうほど私の手枕の袖は涙で濡れそぼっているのです）

と詠み返す。「手枕の袖」とは、男女が共寝をした際に相手の腕を枕代わりにして寝る、その腕枕の袖を言う。何とも艶っぽいことばである。以後、「手枕の袖」をこの夜の記憶の符牒のように詠み合い、それがやがて宮邸入りへと繋がっていくのだった。そして宮邸

入り後には、二人の間にあれほど詠まれた歌が詠まれなくなる。

宮邸入り後、北の方の姿が急速に作品の表面に浮上する。宮邸に入れば、その女方の主人が北の方なわけで、スポットライトが当たるのは当然ではあった。北の方は大納言藤原済時《なりとき》（この時点ですでに亡くなっていた）の娘、東宮の女御である娍子《せいし》の妹である。東宮と帥宮の兄弟と娍子と北の方の姉妹はそれぞれ結婚していた。娍子はとりわけ美人の誉れ高い人だった。妹も美貌が推定され、そこに宮が惹かれたのかもしれない。血筋から言っても、帥宮の北の方にふさわしい大変高貴な女性であった。和泉式部と同列に扱うことなど考えられないような身の上である。

最初は人目につかない所に部屋を与えられた和泉式部だが、二日ほどして、北の対に帥宮によって移される。帥宮は移動にあたって「あの宣旨《せんじ》の部屋にいらっしゃい」と言っている。帥宮は、自分の側近の女房で、北の対に部屋がある宣旨の許に呼び寄せようとした。あくまでも女房として、和泉式部を扱おうとしたのである。

しかし、北の対は北の方のいる場所でもあり、そこに和泉式部が乗り込んだ形にもなる。さっそくご注進とばかりに、北の方に仕える女房達が主人に、このことを伝える。女房達は「人々」と呼ばれ、匿名的な存在として記されている。

人々（北の方付きの女房達）は驚いて北の方にこのことを申し上げると、「こんなことがなくてさえけしからぬ振る舞いだったのに。あの女は得がたいほどの人ではありません。それなのにこの北の対に連れて来るとは」とおっしゃって、「特別な者に思っていらっしゃるからこそ、ひそかに連れていらっしゃるのだろう」とお思いになって、嫌な気持ちがして、いつもより不機嫌に思っていらっしゃる。そこで、宮は困ってしまって、しばらくは北の方の部屋にお入りになることもなく、北の方付きの女房が言うことも聞きにくく、和泉式部の様子も気がかりなので、和泉式部の部屋にずっといらっしゃる。

北の方が和泉式部を低い身分だと貶めながらも、帥宮が抱いている強い愛情を認めていることに注目したい。北の方のことばや思いを記すことで、帥宮がどれほど和泉式部のことを大切に思っているかがクローズアップされる。そして女房とともに、不機嫌極まりない北の方にすっかり閉口してしまった帥宮は和泉式部の部屋に居続ける。完全に夫婦関係にほころびが生じているのである。

続いて、北の方は宮に対して次のように語る。宮が北の方の部屋に行ったときである。

「これこれのことがあるそうですが、なぜおっしゃってくださらないのですか。お止めできることではありません。でも、こんなふうに私が人並みではなく、人から笑われる対象となっているのが恥ずかしいのです」と泣く泣くお話しになると「人を召し使うからには、あなたもおわかりのことでしょうよ。あなたのご機嫌が悪いのにつれて、中将（北の方付きの女房）などが憎らしく思っているのが煩わしくて、髪などをとかさせようと思って和泉式部を呼んだのです。こちらでも召し使われたらよいのです」などと言われるので、北の方はひどく不愉快に思われるが、何もおっしゃらない。

北の方が「これこれのことがあるそうですが（原文は「しかじかのことあなるは」）」と言っているのは、和泉式部を宮邸に連れてきたこと、さらには北の対にまで連れてきたことをも含んでいるのだろう。なぜ事前に相談してくれなかったのかと北の方は涙ながらに訴えている。この時代、北の方（正妻）は、例えば気に入らないほかの妻（妾妻）に対して、後妻《うわなり》打ちといわれる、屋敷の打ちこわしなどの攻撃をしかけることが許されていた。命を取ることはできないが、かなり手荒なまねが許されたとされる。時代は下るが、北条政子が頼朝の愛妾・亀の前を預かっていた伏見広綱《ふしみひろつな》の屋敷を配下に命じて襲撃させたのは有名である。その分、北の方は夫のほかの妻妾達をしっかり把握し、時に気遣い、基本的には平和に過ごすことが求められていた。『源氏物語』の中で、理想の妻として描かれる紫の上が正妻であったかどうか見解が分かれているものの、紫の上が女三宮降嫁以前に（実質は以後も）正妻のような勤めをしていたことは確かである。光源氏はたびたび紫の上に、ほかの妻の話をし、妻達に正月の晴れ着を準備する時には、紫の上を同席させてもいる（玉鬘巻）。紫の上による、光源氏のほかの妻への気遣いと社交がたびたび描かれているが、それが光源氏の妻達が集められていた、六条院の調和と安定に繋がっていた。先述したように、紫の上の許には、光源氏の召人である女房も仕えていて、彼女達と信頼ある主従関係を結んでいたのである。

以上のことから、『和泉式部日記』で和泉式部を呼びよせることについて帥宮が相談しなかったことに北の方が不満を述べるのも当然であると言える。北の方にすれば、自分の顔がつぶされたような気がするのであろう。それがスキャンダラスに語られる和泉式部であればなおさらであった。

帥宮は北の方に対して、和泉式部はあくまでも女房として呼び寄せたということを強調している。具体的に、北の方や北の方に仕える女房の機嫌が悪いので、髪を整える要員として呼んだのだと言っている。北の方も女房として使ったらよいのだとダメを押している。それに対して、そのことばをまったく信用していない北の方が描かれている。この北の方の態度が、帥宮と和泉式部の関係が単なる主人と召人の関係ではないことを示しているのである。

こうして宮はすっかり北の方の許へ行かなくなってしまった。そこに、追い打ちをかけるように、北の方の姉から手紙が届く。姉は東宮の女御・娍子である。東宮との間に多くの宮が生まれていた。そこには「私まで人並以下に扱われている気がします。夜のうちに私の里の家に戻って来なさい」と書かれていた。北の方は、宮達のお顔を拝見がてら行くと答え、車の準備を依頼する。『和泉式部日記』の結末が近づいている。

部屋の掃除などを命じた北の方は、女房達に「しばらく実家へ戻っています。このままここにいても面白くないでしょうし、宮様も何かと気兼ねするでしょうし」と話す。それに対する女房達の反応が次のように描かれている。

「まったくあきれましたよ。世間の人達は宮様をあざけり申し上げていますよ」「和泉式部がお屋敷に上った時にも、宮様がお迎えに行ったということです。いや、目がくらむようなご寵愛ぶりで」「あのお部屋に住んでいるのです。宮様は昼でも三度も四度もお訪ねになるようです」「宮様をしばらくしっかりと懲らしめてさしあげなさいませ。あまりにもご無沙汰がすぎているというものです」などと憎まれ口を言うので、それを聞いた北の方はたいそう辛い思いがするのだった。

四人の女房が次々に、帥宮と和泉式部との関係について批判的なことばを口にしている。現代風に言えば、順番に女房A、女房B、女房C、女房Dという形だろう。しかし、女房Bは宮がわざわざ和泉式部を迎えに行ったこと、女房Cも同じく昼も宮が三度も四度も部屋を訪れていることなどを語り、目がくらむほどの宮の寵愛ぶりを北の方に突きつけている。女房Aのことばも、世の中に宮の寵愛ぶりが知れ渡っていること、また女房Dのことばも、宮がまったく北の方の部屋に来ていないことを物語っている。一番の味方であるはずの女房のことばに北の方はかえって追い詰められる。もはやこの宮邸に居所がないことを物語っているようだ。

女房という存在が主人と一心同体であるがゆえに、時に残酷な存在にもなり得ることをこの場面は描いている。この作品は女房という存在も問い質しているのだ。北の方付きの女房は主人のために怒っているのだが、その怒りの理由を語ることで、いかに主人が軽んじられているかをよってたかって暴き立てているのである。実は、北の方付き女房達は、宮邸入り後、新年の院の拝礼という儀式で、儀式もそっちのけで、和泉式部のいる部屋の障子に穴を空けてのぞこうとしていた。主人のためのいやがらせであるが、このような品のない行い自体、北の方の女房に対する掌握力、管理力に疑問を挟ませるものである。女房達によって北の方は翻弄され、貶められてもいるのである。

この後、姉からの迎えの車が来る。物思いの絶えない身の宿命を和泉式部は思うが、この場に女房として、召人として仕えていくしかない。そして、宮は北の方に、「お姉さまの所へ行くのですか。どうして車の準備を私におっしゃらなかったのですか」と問うが「いいえ、別に、あちらから迎えがあったものですから」と答え、北の方は取り付く島もない。夫婦のすれ違う会話を記して、『和泉式部日記』は終わっている。

北の方は、身分的に劣位にあり、対抗勢力に本来なり得ない召人である和泉式部に圧倒され、宮邸から出て行くことになる。そこにはスキャンダラスな女が自分の勢力圏内に断りなく入ってきたという理由もあるだろう。しかし、それだけではない。宮と和泉式部の間に構築された愛情、共感性に敗北したように書かれているのである。北の方は和泉式部の存在を無視することもできたが、退去し姉の屋敷へ行くことを選んだ。過剰な反応とも言える。正妻は、通常、召人に目くじらをたてることはない。そこに北の方自身の問題も浮き彫りにされているのかもしれない。一方で、それだけ帥宮の寵愛ぶりが異例であり、北の方の誇りはズタズタにされていたということでもある。

このように宮邸に召人として入ることによって逆に北の方が出て行くという出来事自体、

稀なことで、普通はあり得ないことだったろう。この時代の結婚は通い婚が主であったが、正妻（北の方）は夫と同居する場合が多かった。その場合、同じ屋敷で、夫の召人との同居はありがちなことであった。この作品は、そこに起こり得る軋轢をクローズアップしてみせているのかもしれない。

この後、北の方が宮の許に戻ることはなかった。宮は和泉式部と同居を続けたと伝えられる。寛弘元年（一〇〇四）、葵祭の日に、二人は同車して、車を真ん中で仕切って、片や帥宮側は前の簾を大きく上げ、片や和泉式部側は下ろして、出衣《いだしぎぬ》を垂らし、紅の袴に物忌の札を付けるなどしてパレードし、通り沿いの観衆の度肝を抜き、その眼を独占したという。

寛弘四年（一〇〇七）、帥宮は急逝した。亡くなるまでの日々、二人は一緒にいて、石倉宮が生まれていた。帥宮を亡くした痛切な思いは和泉式部の和歌に結晶し、帥宮挽歌群と言われて名歌ぞろいで知られる。そうした追慕の作品の一つとして『和泉式部日記』を捉えることもできる。

なお、寛弘六年（一〇〇九）ごろ、和泉式部は中宮彰子の許に出仕し、紫式部と同僚になる。中宮彰子の許には、恒常的に新しい才女が集められていたのだった。ちなみにほぼ同じ時期に橘道貞との間の娘・小式部も彰子の許に出仕した。『紫式部日記』には和泉式部を批評した箇所もある。和泉式部のことを紫式部がどのように述べていたか、興味深いが、次章で触れることとしたい。

さて、『和泉式部日記』を召人という観点から検討してきた。和泉式部の宮邸入りによって、弾き飛ばされるように北の方が退出する。このような逆転現象は例外中の例外だが、『和泉式部日記』には「手枕の袖」の詠み合いに代表されるように、和歌を通じての共感性が描かれていた。宮邸に引き取られることが二人のゴールであるような書き方に、弱者であるはずの召人側のしたたかさを読み取ることができよう。単なる日陰者では終わらない召人の姿を、この作品の和泉式部の姿から読み取ることができるかもしれない。

記録する女房

女房の才知は自らの才の誇示以上に主人を輝かせるためのものであった。『枕草子』に披露された清少納言の漢学の教養も、定子の嗜好とサロンの気風に合致し、定子の名声へと収斂される。『枕草子』は定子やその一族の美しい姿、才知を記して中関白家の栄光を伝えている。筆の立つ女房にはそのような役割が求められていたのだろう。『枕草子』は定子から下賜された紙に書かれていたのである。『枕草子』は定子と定子サロンの記録でもある。現在は散逸して逸文しか伝わらないが、醍醐天皇の后穏子《おんし》の記録『太后御記《たいこうぎょき》』は穏子付きの女房が書いたとされ、宮中で開催された歌合は参加した女房によって、歌合日記が書かれている。主人の動向や関わる儀式を記録する女房日記の伝統があったらしい。『和泉式部日記』にも、和歌の名手・和泉式部と堂々と渡り合うような帥宮の和歌が記され、和歌の才を顕彰している。庭の花壇の中を歩く宮のイメージショットのような記述もある。この作品にも主人である帥宮の風姿を記し留めるべく書かれた面があり、他作であったとしても、作品内に女房の視線が設定されている意味は重いだろう。

このように文才溢れる女房には主人の言行や華やかな行事を記し留める役割が期待されていた。紫式部にも『源氏物語』執筆以外に、大きなイベントの記録が求められた。『紫式部日記』として知られる作品は、待望の中宮彰子の初のお産と産養の記録となっている。そこには中宮彰子や道長、頼通など主家の人々の姿や、宮中での『源氏物語』享受の実態、女房としての生活などさまざまなことが記されている。紫式部の思考や思念を知るうえで貴重な資料である。

このように日記というと、近代以降、他者に見られることを想定せず、秘匿されるものというイメージが強いが、平安時代の仮名で書かれた日記は一定の読者を想定して書かれたと考えられることが多い。読者の眼を意識したような表現が随所に見られるのが特徴である。

もう一点、近代の日記との相違は、仮名で書かれる日記は毎日つけるものではなく、一定の時間が経過した後で、回想して書かれていることが挙げられる。そのため仮名の日記は、ひとまとまりの出来事を書いていることが多い。漢文日記がその日の政務や儀式を備忘録的に記して子孫に残そうとしたのに対して、仮名日記は回想録に近く、単なる記録を超えて、自己の体験や見聞、参加した宮廷行事などを文学的な彫琢を凝らして再現しているのである。

次章ではいよいよ『紫式部日記』の世界に分け入ることとしよう。

第三章　『紫式部日記』の世界

秋の土御門殿

長保元年（九九九）、彰子は十二歳の若さで、一条天皇の女御として入内した。道長は、娘の一刻も早い懐妊を望んだのである。一条天皇には、すでに同じ年に定子との間に生まれた敦康親王がいた。定子はその翌年に亡くなり、一条天皇の後宮には、彰子に匹敵する后はいなくなった。しかし、彰子はなかなか子宝に恵まれなかった。敦康親王を養育したものの、亡き定子の兄弟、伊周・隆家が流罪先から戻ってきていて、敦康親王が帝位に就いたら復権する可能性があったのである。そうした中、寛弘二年（一〇〇五）ごろ、紫式部が『源氏物語』を引っ提げ、鳴り物入りで出仕する。前評判が高すぎるせいもあったか、そのことが軋轢を生み、当初はなかなか宮仕えになじめなかったのは先述のとおりである。

寛弘四年（一〇〇七）、藤原道長が大掛かりな御嶽詣でを行っている。御嶽詣では、紫式部の夫宣孝も逸話を残していたように、庶民から貴族に至るまで大変流行していた。御嶽詣では修験道の霊場であり、弥勒菩薩顕現の場所である吉野の金峯山《きんぶせん》に詣でることであった。この御嶽詣での目的が彰子の懐妊祈願にあったことは言うまでもない。なお、その折に道長が山頂に法華経を入れた、黄金の経筒を埋めた。その経筒が江戸時代に発掘され、中身の経とともに伝わり、現在の我々も見ることができる。

道長の祈りが届いたのか、翌年の寛弘五年（一〇〇八）、彰子の懐妊が公になる。『紫式部日記』は冒頭に、身重の彰子の姿を記している。その舞台は、道長の邸宅、土御門殿《つちみかどどの》（現代の京都御苑付近にあったとされる）。彰子はお産のために実家に下がってきていたのだった。名文として知られる冒頭は原文で紹介しよう。

秋のけはひ入り立つままに、土御門殿のありさま、言はむかたなくをかし。池のわたりの梢ども、遣水《やりみず》のほとりの草むら、おのがじし色づきわたりつつ、おほかたの空も艶なるにもてはやされて、不断の御読経の声々あはれまさりけり。やうやう涼しき風のけしきに例の絶えせぬ水の音なひ、夜もすがら聞きまがはさる。

秋の色合いがあたり一帯を染める中で、土御門殿の様子は言いようもないほど趣があった、という記述から『紫式部日記』は始まる。この作品は中宮彰子のお産と産養を詳細に記し留めている。しかし、無味乾燥な記録ではない。この皇子誕生の重みを伝えるべく、さまざまな工夫がなされている。

『紫式部日記』の冒頭は、中宮彰子のお産をめぐる荘重なドキュメンタリー映画のような趣がある。土御門殿とその庭園がクローズアップされ、お産が行われる舞台が作品の中心に据えられた形である。池のあたりの梢、遣水のほとりの草むらが秋を迎えて色づき、その上に広がる夕映えの、風情ある空の様子に引き立てられる。夕映えの空と紅に染まった草木が色彩的に絡み合って、秋を迎えて、風情を増した土御門殿の美しい景観を描き出している。そして、その空間は不断の御読経の声が響く世界であった。この不断の御読経は昼夜を分かたず連続して『大般若経』『最勝王経』『法華経』などを読む仏事で、中宮の安産祈願のためのものであった。あたかもバックミュージックのように響く読経が、中宮のお産を控えた場であることを効果的に伝えている。そして、その読経の声が、日が沈み、次第に涼しさが増す風の気配の中、ずっと聞こえてくる遣水の音と溶け合って一晩中、聞こえてくるのである。

注意したいのは、この冒頭部は秋の夕方から夜にかけて、時間の推移とともに、土御門殿の様子を描き出しているのだが、時刻の推移を示す具体的な表現は存在していないことだ。太陽の動き、日没について一切書かれていないのである。夕方であることは、秋を迎えて赤く色づいた、池のあたりの梢、遣水のほとりの草むらの様子にもてはやされる空の様子に暗示され、さらに読経の声と遣水の音が一晩中聞こえる、と書かれることで、夜になったことが判明する。それでは一体いつ日が沈んだのか。冒頭から記述を追っていくと、視覚で捉えていた土御門殿の情景が、やがて不断の御読経が遣水の音と重なるなど、聴覚的表現に変化していく。風に涼しさを感じる触覚的な表現もその変化の一つであろう。すなわち、視覚的な表現から聴覚的・触覚的な表現にこの冒頭は推移しており、その変化が日没を暗示していると考えられる。街灯や蛍光灯などのない時代、日没とともに視覚は利かなくなり、逆に、聴覚や触覚、ここには登場しないが嗅覚が研ぎ澄まされる。こうした感覚の変化とともに時間の推移を示す、高度な技法が採られていると言えよう。

ちなみに『枕草子』の有名な「春はあけぼの」から始まる初段の「秋」の箇所は、

秋は夕暮れ。夕日のさして山の端いと近うなりたるに、烏のねどころへ行くとて、三つ四つ、二つ三つなど飛びいそぐさへあはれなり。まいて雁などのつらねたるが、いと小さく見ゆるは、いとをかし。日入り果てて、風の音、虫の音など、はた言ふべきにあらず。

とあり、視覚で捉えられたもの（烏・雁）が、日没とともに聴覚で捉えられたもの（風の音・虫の音）に変換していることが確認できる。「秋は夕暮れ」というように、秋の中で夕方の趣を第一としていることとあいまって、『紫式部日記』が『枕草子』の影響を受けているとする説がある。直接の影響関係があったかどうかには議論があろうが、当時の人々の感覚の共通性が見出せて面白い。

さて、『紫式部日記』は続いて、中宮彰子の姿を描いている。

御前にも、近うさぶらふ人々、はかなき物語するを、聞こしめしつつ、なやましうおはしますべかめるを、さりげなくもてかくさせたまへる御有様などの、いとさらなることなれど、憂き世のなぐさめには、かかる御前をこそたづねまゐるべかりけれと、うつし心をばひきたがへ、たとしへなくよろづ忘らるるも、かつはあやし。

お産の舞台である土御門殿を外側から描いた後、今度は屋敷内にいる、お産の主役である彰子がフォーカスされている。彰子は女房達とともに登場している。女房達の会話に耳を傾け、まわりの女房達に対して、つわりの苦しみをさりげなく隠している。彰子一人に焦点が当たるのではなく、まわりの女房達とともに登場している点に特徴がある。気を遣わせまいと優しく配慮する主人に、このようなすばらしい主人にお仕えできた幸せを紫式部は噛みしめている。具体的には「憂き世のなぐさめ」には、彰子様のような方を捜し求めてでもお仕えすべきであると、「うつし心」、普段の心とはうって変わり、たとえようがないほど、すべてが忘れられてしまうと述べている。続けて、そうした自分を不思議だといぶかしむ。自分を見つめる、内省的な表現が随所に織り込まれるのがこの作品の特徴でもある。このような表現が作品に奥行きを与えているのである。なお、この世を「憂き世」というのは、この時代の人々の心に共通する厭世的な世界観であり、仏教的な考え方に拠っている。この現世は根源的に苦の世界であり、厭離《えんり》（離脱）すべきものである。特に源信《げんしん》の『往生要集』によって、「厭離穢土《えど》」の浄土思想が流行し、穢れたこの世を離れ、来世、仏の世界に生まれ変わることを人々は希求した。したがって、彰子を「憂き世」の慰めと言っているのは、現代の眼から見ると、失礼に当たりそうだが、そうではない。紫式部の抱いている苦悩が彰子中宮のすばらしさを前に忘れられることで、最終的に彰子への賛美に繫がるのだろう。この紫式部の内省は、まわりの女房集団の思いと遊離するものではなかった。彰子中宮は女房集団に囲まれるように登場していた。そして、その女房集団の一員に紫式部がいて、女房という立場から主人を賛美していたのである。この後、中宮彰子と女房達のチームは一丸となってお産という難事業に協働して当たっていくが、まさにそのことを象徴的に表した場面である。

まだ夜明けに間があるころの月がふと雲に隠れて、木の下陰もほの暗い時に、「御格子を下ろしたいものですね」「下仕えはこの深夜まではお仕えしていないでしょう」

「女蔵人さん、下ろしてください」など女房達が口々に言い合ったりしているうちに、やがて後夜の鉦《かね》が打ち鳴らされて、五壇の御修法《みずほう》の定刻の勤行が始まった。我も我もと競って読み上げたような伴僧の声々が遠く近くに響き合って、圧倒されるほど尊い。観音院の僧正が東《ひんがし》の対《たい》から二十人の伴僧を引き連れて、加持をなさりに行く足音が、渡殿《わたどの》の橋をどんどんと踏み鳴らされるのさえ、通常の気配とはまったく違っている。法住寺の座主《ざす》は馬場殿、浄土寺の僧都《そうず》は文殿へとお揃いの浄衣姿にて、格式ある唐橋を渡りながら、木の間を分け入って帰っていく様子がはるかに見届けられるような気がして、しみじみとした趣がある。東の対では、さいさ阿闍梨《あじゃり》も、大威徳明王《だいいとく》を礼拝して、深々と腰をかがめている。やがて女房達が出仕して来ると、夜も明けた。

深夜、女房達が格子を下ろす算段をしている。この会話の内容からも女官や女蔵人といった、下仕え達が格子の上げ下ろしの雑役をしていたことがわかる。通常、下ろすのは、もっと早い時間であったが、中宮との語らいが長引いたのか、皆で外の月を風流にながめていたのか。そうした中、後夜（午前四時ころ。もっと早い時間とする説もある）、鉦の音がけたたましく鳴り響く。東の対で鳴らされた、五壇の御修法の開始の合図である。

五壇の御修法とは、五大明王（不動明王、降三世《ごうざんぜ》明王、軍荼利《ぐんだり》明王、大威徳明王、金剛夜叉《こんごうやしゃ》

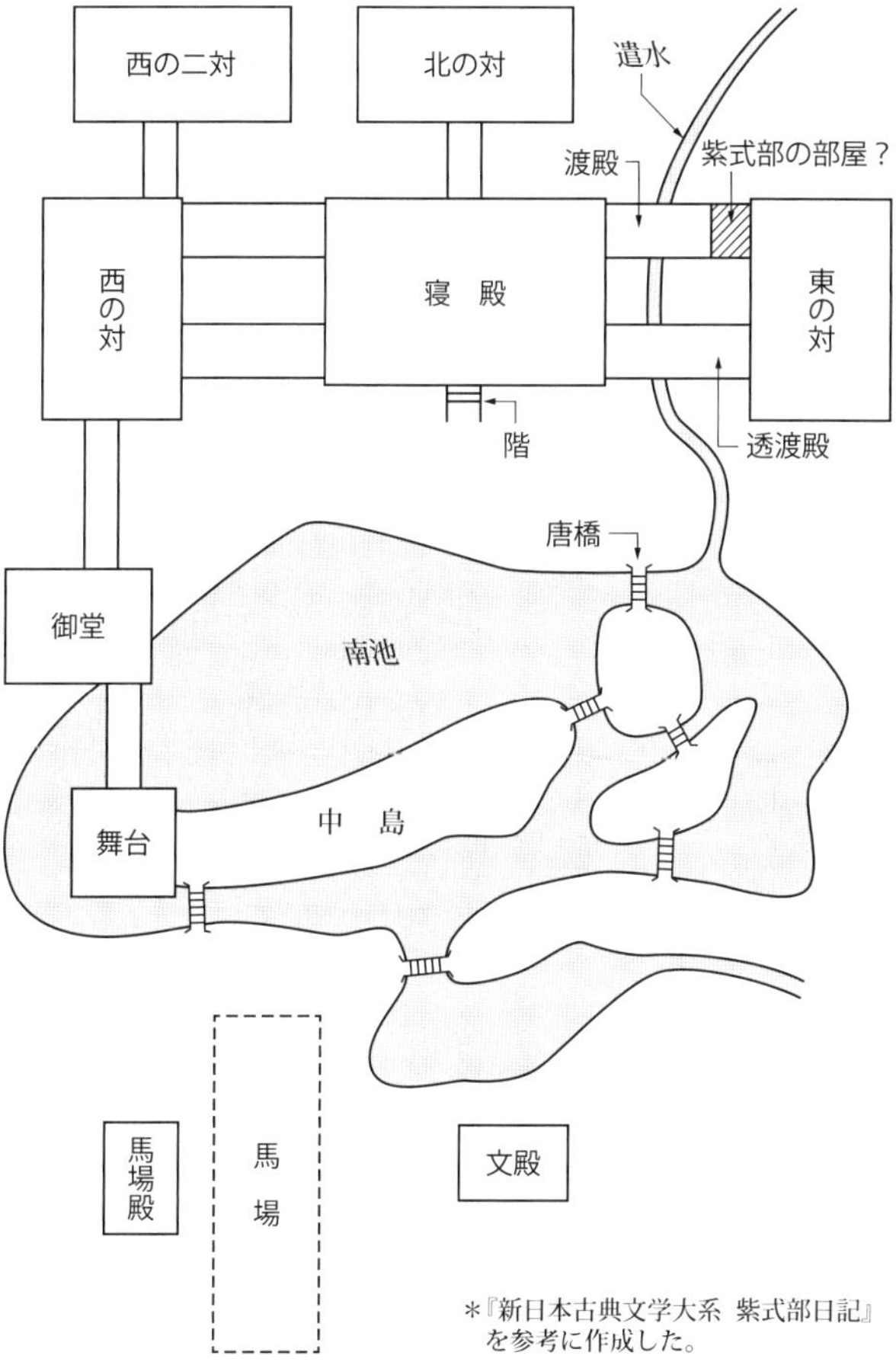

＊『新日本古典文学大系 紫式部日記』を参考に作成した。

土御門殿想定略図

明王）の像を前に僧侶が護摩を焚いて、加持祈禱を行う大掛かりな、特別な仏事であった。この仏事は勅命（天皇の命令）がないと行えないもので、中宮のお産という国家的行事であるがゆえに許された秘法である。また、この国家的な行事が道長の私邸で行われていることから、おのずから道長の絶大な権勢もうかがえるのであった。

ちなみに『源氏物語』でも、五壇の御修法が効果的に登場している。光源氏は、兄朱雀帝が即位し、その外戚の右大臣家が権力をほしいままにする中で、右大臣側の圧迫によって斜陽の時期を迎えていた。そうした中、光源氏は右大臣の娘・朧月夜と出会い、契りを結ぶ。ロメオとジュリエットのような関係だが、この朧月夜は朱雀帝のご執心の女性であった。朧月夜は朱雀帝の尚侍となるが、光源氏は朧月夜との関係をずるずると続けていく。光源氏が鬱屈した思いを抱えている中、宮中で五壇の御修法が行われた。当然、朱雀帝の勅命によって行われたのである（誰のためにこの仏事が行われたかは物語には書かれていない）。宮中全体が身を浄めて、慎む生活を送る中、光源氏は朧月夜と密会する。光源氏が朱雀帝の権威を軽んじていることがおのずから伝わる書き方である。この後、光源氏は右大臣方と衝突して、須磨・明石に退去する。五壇の御修法の持つ、帝との深い権力関係を巧みに恋の物語の中で使ってみせた形である。『紫式部日記』では、そうした仏事が道長の私邸で行われる重みを言外に響かせながら、激しい仏事から、中宮彰子の安産を祈る力の大きさを表現している。

五壇は土御門殿の東の対に設置され、そこで祈禱が行われた。当代を代表する高僧が集められ、それに付き従った、伴僧の声が遠くになったり近くになったり、寄せ返す波のように聞こえてくる。紫式部は直接、五壇の御修法の場に参加しているわけではない。紫式部はおそらく自分の局（部屋）から、この仏事に耳を澄ましていたのであろう。紫式部の部屋は、寝殿と東の対を繋ぐ渡殿の東の戸口付近にあったらしい。

そうだとすると、近い距離で僧達の祈禱の声を聞いていたことになる。また観音院の僧正（勝算《しょうさん》とされる）が二十人の僧を引き連れて、寝殿にいる彰子に加持祈禱に行く足音が原文に「とどろとどろ」というオノマトペで印象的に記されているが、紫式部の部屋があった渡殿の南に、同じく寝殿と東の対を繋ぐ屋根付きの橋があり、これを僧達が渡ったと考えられる。至近距離で、紫式部はその様子を見て、足音を聞いて、その迫力を生々しく伝えているのである。

御修法が終わり、法住寺の座主（慶円とされる）は馬場殿、浄土寺の僧都（明教とされる）は文殿へと、それぞれ設けられた控えの場所へと戻っていく。馬場殿も文殿も、寝殿の南に広がる大きな池を渡った先にあった。池に渡された、朱塗りの唐橋をいくつも渡り、お揃いの浄衣姿で木の間を分けるように遠ざかって行く姿を紫式部は視界から消えるまで見送った。いつまでも見送っていたいと思う尊いお姿に感慨もひとしおだった。東の対に目を移すと、御修法が終わった後も、さいさ阿闍梨（斎祇とされる）が大威徳明王の壇の前に深々と腰をかがめていた。西側に配置された壇なので、紫式部の局付近からもその光景を見ることができたのであろう。

このように紫式部の眼と耳が捉えた五壇の御修法の様子が描かれている。お産を前に、土御門殿は壮大な祈りの空間となっていた。先述したように、五壇の御修法は特別な仏事であり、この秘法を記すこと自体、お産の重みを象徴的に記すことに繋がっていた。仏事を終えた高僧達の様子を点描して、激しい仏事の余韻を効果的に伝えている。『紫式部日記』は、夕方から始まり、夜、そして朝を迎えた。

道長の訪れ

その朝、藤原道長が紫式部の局を訪れた。冒頭に身重の彰子の姿が描かれていたが、続いて、中宮の父であり、土御門殿の主人である道長が描かれる。中宮出産のドキュメンタリーにふさわしく、お産に関わる主要な人物が紹介されているのである。道長は当年、四十二歳、左大臣として人臣の長の地位にあった。

渡殿の戸口の局にある私の部屋から庭の方を眺めやると、うっすらと霧がかかり、葉に置いた朝露もまだ落ちないうちに、道長さまがお庭を歩き回られて、随身《ずいじん》をお召しになって、遣水の落ち葉を払わせなさる。渡殿の橋の南にある女郎花が今を盛りと咲いているのを一枝お折りになって、私の局に来られて、几帳越しにその女郎花を差し出されたお姿の、まことにこちらが恥ずかしくなるほどご立派なのを、ましてや私の寝起きの顔の見苦しさが思い知られるので、「この花の歌、返事が遅くなっては、良くないぞ」と道長さまがおっしゃられたのを良いことに硯のそばへ寄った。私が書いた歌は

女郎花さかりの色を見るからに露のわきける身こそ知らるれ

（女郎花に秋の露が置いてこれほど美しく咲いていますが、露が分け隔てをして置いてくれない盛りを過ぎた身が思い知られるのでございます）

「ああ、早いね」とほほ笑んで、道長さまは硯をお取り寄せになる。道長さまがお書きになった歌。

白露はわきてもおかじ女郎花心からにや色の染むらむ

（白露は何も分け隔てをして置いているわけではないのだよ。女郎花が美しく咲いてい

るのは、美しく咲こうという女郎花の心がけなのだ。そなたも心がけ次第で美しく咲くことができるのだよ）

道長は颯爽と、随身（現代でいうボディーガード）を従えて登場する。随身に命じて、遣水の流れが落ち葉で滞らないよう、払わせる。土御門殿の主人にふさわしい行動である。さらに道長は渡殿の橋の南にある、今を盛りに咲く女郎花を手折って、紫式部の局を訪れる。

紫式部の前に女郎花をかざし、早く女郎花の歌を詠むように促した。紫式部よ、そなたは、この女郎花を使って、この場にふさわしい歌を詠めるかな？という道長からの早朝抜き打ちテストである。女郎花は、その名からわかるように女性を指すことが多かったが、身分の高い、妻や恋人を指すことは少なかった。仮り寝などの色めかしいイメージがあり、女性が自らをへりくだって喩えることもあった。道長の姿の立派さと朝起きたばかりのすっぴんの顔を見られた忸怩《じくじ》たる思いが心の中で交錯し、紫式部は硯の許に寄る。

露の置いた美しい女郎花に比べて、露の置いていない、誰にも顧みられない私なのです、という内容の和歌を書いた。嘆きの中に、強いへりくだりの心を詠んだのである。なお、露をどう解するかによって、微妙な綾が存在するが、後述する。

「早いね」と道長は笑う。テストに合格したということである。ボールは道長側にあり、後は、どう打ち返して、連携プレーを完成させるかである。

白露は分け隔てを置いているわけではないよ。女郎花は美しく咲こうと思って、美しく咲いているのだ、と道長は返歌をする。

女性の美しさは心がけ次第だと道長は言っているのだ。何だか現代のラジオや新聞などのお悩み相談の回答みたいだが、紫式部の嘆き・謙遜に呼吸を合わせた和歌になっていよう。連携プレーはうまくいっている。ちなみに、両者は至近距離に居ながら、硯に向かい筆で和歌を書いて、やりとりをしている。私的なやりとりではあるが、口頭での贈答ではないところに、あらたまった雰囲気が両者の間に漂っている。

ところで、両者の歌では露（白露）が一つのメタファーになっている。露を置くことで、女郎花が美しくなるというわけだが、この露はしばしば愛情のメタファーとして和歌に詠まれてきた。つまり、紫式部の詠んだ歌は道長からの愛情が薄いことを恨んだ歌として解する見方があり、このような解釈は先述した紫式部と道長との男女関係、いわゆる召人関係を想定する説と関わっている。そうだとすると、道長の歌も、自分の愛情は分け隔てなく、紫式部に向かっているよととりなしたことになろう。早朝に、女郎花の花をもって、局まで来る道長の振る舞い、愛の分け隔てを嘆く紫式部の様子など、単なる主人と女房の関係を超えているという見方があり、この紫式部召人説を強めている。その一方で、ここでの愛情とは、あくまでも主従の愛情だとする見方も当然ながら根強くある。

道長が訪れた紫式部の局は「渡殿の戸口」にあった。この「渡殿の戸口」に土御門殿滞在中の部屋が与えられていたのである。紫式部はお産を控えた中宮彰子とともに、彰子の実家である土御門殿に来ていた。内裏は常に清浄でなくてはならず、血の穢れに繋がる出産が行われることはなかった。

紫式部の部屋はどこにあったのか。平安時代の貴族の屋敷が寝殿造であったことはよく知られている。中央に寝殿があり、ここに屋敷の主人をはじめ高貴な人が住んでいた。五壇の御修法の時に、彰子に加持祈禱をするために僧達が寝殿に向かったのも、中宮である彰子が寝殿を住まいにしたためである。左右に、対称の形で東の対、西の対があり、また北側に北の対が造られることも多かった。寝殿の前には、五壇の御修法を終えた後、二人の僧が渡って行ったように、大きな池が広がっていた。

紫式部がいた渡殿は、寝殿と東の対を繫ぐ渡り廊下であった。渡り廊下とはいえ、さすが貴族の大邸宅で、そこに部屋が設けられ人が住むことができたのである。なお、この時代の女房の部屋は御簾や几帳で簡易的に区切った程度のもので、まわりの音などはほぼ筒抜けであったと言われる。それ以上に、渡り廊下という、いわば通路に部屋を与えられていること自体に、女房の位置が見えてこよう。通常、寝殿と東の対を結ぶ渡殿は二つ設けられるが、紫式部の部屋があったのは北側の渡殿であった。土御門殿の場合、南側の渡殿は建物ではなく、屋根付きの橋で、透《すき》渡殿と言われるものであった。五壇の御修法の際に、加持祈禱のために寝殿に行く僧達が踏み鳴らしたのがこの橋であり、道長が紫式部の局を訪れる前に、女郎花を手折ったのはこの橋の南側であった。

紫式部の部屋がある渡殿の下には遣水といわれる人工的な水路が北から南へ流れていて、池に注ぎこんでいた。道長が遣水の落ち葉を払わせたのが、この遣水である。紫式部は絶えずこのせせらぎの流れを聞きながら、土御門殿での日々を過ごしていたのである。

頼通との語らい

続いて、道長の後継者、長男の頼通が登場する。時は再び夕方を迎えていた。

しっとりとした夕暮れに、宰相の君と二人でお話をしていると、道長さまのご子息である三位の君、頼通さまがおいでになって、簾の端を引き開けて、そこへお座りになる。お年の割にはたいそう大人びて、奥ゆかしいご様子で、「女性はやはり気立てが良い方が一番ですが、そういう人はめったにいないものですよね」などと男女の仲のお話をしみじみとしておいでになる様子は、幼いと人々が侮り申し上げているのはいけないことだと、こちらが恥ずかしくなるほど立派に見える。あまり打ち解けすぎない程度に、「多《おお》かる野辺に」と和歌の一節を歌ってお立ちになった様子は、物語にほめられた男君さながらの気持ちがしたものだ。

紫式部が宰相の君と二人、あれこれと話をしていると、そこに頼通がやってくる。宰相の君は、彰子付きの上臈の女房で、道長の異母兄道綱の娘であった。『蜻蛉日記』作者の藤原道綱母の孫にあたる。

頼通は、道長が正室源倫子との間にもうけた子で、中宮彰子の弟、道長の後継者と目されていた。事実、その後、頼通は関白まで上り、あの宇治の平等院を建立したことでも有名である。この時点で十七歳。紫式部も書いているように、まだまだ幼い、という評判もあったようだ。しかし、宰相の君との会話に割り込むように入ってきた頼通は、紫式部が恥ずかしくなるほど立派に見えたという。原文で紫式部は「恥づかしげに見ゆ」と書いている。現代では相手に向かって、「恥ずかしい奴だ」などというと、喧嘩になりそうだが、この時代の「恥づかし」は、こちらが恥ずかしくなってしまうほど、相手が立派だという意味で使われることが多かった誉めことばである。この前の箇所で道長に対しても「几帳の上よりさしのぞかせたまへる御さまの、いと恥づかしげなるに」と「恥づかし」ということばを使って、こちらが恥ずかしくなるほど、道長さまのお姿はご立派だったと言っていた。親子の描写に「恥づかし」という共通する表現が使われていたのであり、これは意図的であろう。お産に関わる、主家の主要な人物達が次々に紹介されている。

さて、ここで頼通が語っているのは、男女の間の話、すなわち恋の話である。頼通がわざわざ紫式部と宰相の君との会話に入ってきて、しかも恋の話をしてきたのは、そこに何と言っても物語作者である紫式部がいたからであろう。ここで頼通は「気立ての良さ（原文は「心ばへ」）」が一番大切であり、それを兼ね備えた人はめったにいないと言っている。

理想的な女性について語っているのは、特に『源氏物語』の帚木巻の雨夜の品定めを意識しているのではないか。雨夜の品定めは、五月雨の夜に、光源氏、頭中将、左馬の頭、藤式部の丞が理想の女性はどのようなものかを語り合う場面である。そこで、光源氏は今まで付き合ったことがないような、中流貴族の女性に面白い女性がいることを知る。あわせて、雨夜の品定めでは、女性は気立て、心の持ちようが大切だということが語られていた。頼通は雨夜の品定めの内容も意識して、理想の女性の話題を紫式部にぶつけてきたようにも見える。そして興味深いことに、この年、頼通は十七歳であり、雨夜の品定めの時の光源氏の年齢も十七歳であった。紫式部も、こうした符合を意識して、頼通を描いているのではないだろうか。

頼通は「多かる野辺に」と口ずさんで、その場を立ち去る。「女郎花多かる野辺に宿りせばあやなくあだの名をやたちなむ」という『古今和歌集』秋上の和歌の一節を口ずさんだのだ。美しい女性達のいる場所に長居したら、浮気者という評判が立ってしまいますね、という心だ。頼通は年長の女性達（宰相の君もおそらく三十歳を超えていたはずである）に背伸びをしてみせ、リップサービスをしつつ、その場を立ち去ったのだろう。道長・頼通は女房と女郎花を踏まえたやりとりを展開する点でも共通している。出産前の土御門殿に優雅な時間が流れている。

紫式部は頼通を物語にほめられた男君のようだ、と称賛している。物語の世界から頼通を称賛しているということである。物語の基準から、と言い換えてもよい。これは紫式部が物語作者であったためと考えられるが、このお産のドキュメンタリーが主家からの要請によって書かれたとすると、むしろ物語に重ねられた記述が求められていたと考えて自然である。その需要を意識して、紫式部が物語の貴公子のようだと称賛したと見ることもできるだろう。紫式部は『源氏物語』の作者であるがゆえに、この彰子のお産という道長家の重大事の記録者に選ばれたことをよくわかっていたのだろう。頼通を「物語にほめたる男」と称賛したのは、物語の話法によって書かれたドキュメンタリーであることを暗示しているのである。

お産までの日々

このように『紫式部日記』の冒頭では、お産を前にした土御門殿や主家の人々が効果的に書かれている。秋の土御門殿の様子から始まっているが、実は秋のころとだけ書かれて具体的な日付はない。そしてそのまま夜に入り、五壇の御修法を経て、朝に道長、夕方に頼通とのやりとりがある。これが一日の出来事として、連続して書かれているが、別々の日の出来事を土御門殿の日常として一日の進行の中に再現しているとする説が正しいだろう。

ところで、本書では、詳細に触れる暇はないが、現存の『紫式部日記』は冒頭部に欠落を抱えているとする説がある。しかし、現状の冒頭部を少なくとも表現のみ追っていくと、お産の前のイントロダクションにふさわしい内容を持っていると言える。冒頭部の欠落があったにしても、現在の冒頭から読むことに支障はない。前の部分を記した『紫式部日記』があったかもしれないが、本作品とは別の紫式部が記した日記と考えることができる。

さて、初めて日付が記されるのは、頼通とのやりとりを記した、少し後である。

八月二十日余りのころからは、公卿や殿上人などで、お屋敷にいるのが当然の人々は、みな宿直することが多くなって、橋の上や対屋の縁側などで、みな、うたたねをして、ちょっとした管絃の遊びをして夜を明かしている。（中略）長年、実家にいた女房達がご無沙汰を思いながら、お屋敷に参集している様子は騒がしくて、そのころはしんみりしたこともない。

お産に際して、立ち会うべき公卿や殿上人が土御門殿に泊まり込むようになったという。また、宮仕えを中途で辞めて実家にいた女房達が、お産という重大イベントを前にお呼びがかかり集まってきて、とても騒がしいと記している。日付の登場は、そのようなお産が近づいた状況を告げているようである。しかも原文に「八月二十余日のほど」とあるように、まず、あいまいな、幅を持たせた日付になっている。この後、明確な日付が、作品内に書かれていく。お産が近づくとともに、次第に明確に刻まれていく日付は、お産へのカウントダウンを表現しているかのようだ。このように日付にも、周到な配慮が読み取れるのである。日付は記録の枠組みであり、日記であることとの最大の条件であるが、冒頭からの展開を見る時、その扱いが単なる記録を超えた、文学的なものになっていることが理解されるだろう。

二十六日、薫物《たきもの》の調合が終わってから、中宮さまはそれを女房達にお配りになる。香を練り固めていた女房達が大勢、中宮さまの許に集まっていた。

（八月）二十六日は初めて明確な日付が記された日である。中宮彰子は薫物の調合をしている。薫物とは練香《ねりこう》ともいわれ、沈《じん》、白檀《びやくだん》、丁子《ちようじ》などの香木を粉にして、蜂蜜で練って丸めたものであった。さまざまな香木の粉をブレンドし、そのブレンドの比率には家ごとに秘伝があったとされる。香木は基本、舶来品であり、貴重品で、富の象徴でもあった。時とともに、消えてしまう香は、洗練された文化の極みとも言える。彰子の薫物が、どれだけ贅を尽くし、工夫を凝らしたものであったかは容易に推察できよう。それを惜しみなく、彰子は配下の女房達に与えている。ブレンドに協力していた女房達は、彰子の前に集まって、ありがたく頂戴している。いわば文化のおすそ分けであり、宮仕え女房はこのような形で最上級の文化に触れることができたのである。

中宮彰子も女房達を喜ばせようと思って、薫物を与えているのだろう。自分のことを心配している女房への気遣いである。冒頭から彰子は女房集団のトップに君臨するというより、控えめに周囲を気遣う存在として描かれているが、ここでもそうした姿で現れている。その点では『枕草子』に描かれた、場の中心にいて女房達を引っ張っていく定子皇后（中宮）とは異なっていると言えるかもしれない。そこに二十一歳という、若いリーダーの姿を読み取ることができるだろう。

続いて、紫式部が彰子の許から局に戻る途中で、宰相の君の局の戸口を覗いた様子が記される。

中宮さまの御前から下がって部屋に戻る途中に、弁の宰相の君の部屋の戸口を覗いてみると、昼寝をなさっている時なのだった。萩や紫苑などの色とりどりの袿に、濃い紅の特別につややかな打衣を上に着て、顔は襟の中に引き入れて、硯の箱を枕にして、臥していらっしゃる、その額のあたりの様子が、たいそう可憐でなよやかに美しい。絵に描かれている物語のお姫さまのように思われたので、その口元を覆っている袖を引きのけて、「物語の中の女君のようなお姿でいらっしゃるのね」と私が言うと、宰相の君は目を開けて、「気でもおかしくなったような、ご無体ななさりようね。寝ている人をこんなふうに思いやりなく起こしていいの？」と言って、少し起き上がったお顔が上気して赤らんでいらっしゃるのが、本当にお肌のすみずみまで美しいことだったよ。

主家の主要な人物を紹介してきた『日記』が次に採り上げたのは、宰相の君である。先に頼通とのやりとりで登場した、彰子の女房集団の中でもトップクラスの女房で、『蜻蛉日記』作者の孫であった。藤原豊子《ほうし》という名も伝わっている。道長の姪にあたるのみならず、この後、生まれる皇子、敦成親王の乳母になった。それがこの位置での紹介に繋がっているように思われる。

さて、この場面も、宰相の君を絵に描かれている物語のお姫さまや物語の中の女君に喩えて称賛している。昼寝をしている宰相の君の姿に、頼通と同様に、物語の世界を重ねているのである。物語の世界と言えば、この場面を考える上で『源氏物語』玉鬘巻の次の場面を参照すると興味深い問題が浮上する。

紫の上も、明石の姫君のために物語をみつくろっている中で、ご自身も物語に愛着を持っていらした。「くまのの物語」の物語絵があったのを、「たいそうよく描かれている画だなあ」と思って御覧になっている。小さい女君が無心にお昼寝なさっている所が描かれている絵を、昔のご自身の様子を思い出して、紫の上はご覧になる。そこに光源氏が「このような子どもどうしでも何とも洒落て色めかしいものだなあ。私こそ、先例にしてもいいくらい、呑気さといったら似ている人はほかにいないくらいだったよ」と申し上げなさったのだ。なるほど、傑出した物語絵を好んで収集していらしたのだった。

紫の上が養女の明石の姫君のために、物語をみつくろっている際に、「くまのの物語」(現在、物語本文は散逸して伝わっていない『こまのの物語』のこと) の物語絵が目に入り、見入っている場面である。物語絵とは物語の場面を絵画化したもので、物語本文とあわせて享受された。これが絵巻物に発展したと言われる。その絵には小さな女君が昼寝をしている姿が描かれ、紫の上とともに見ている光源氏は、幼かった紫の上を自分の屋敷に連れてきたことを踏まえて、自分はこの画面の幼い子達に比べると、ずいぶん色恋に悠長に構えていたね、と語り掛ける。光源氏は十歳前後の紫の上を自分の屋敷に連れてきたが、新枕を迎えたのは、正妻葵上が亡くなった後で、十四歳ごろであった。この経緯を踏まえて、光源氏は「自分はこの絵の若君達に比べればずいぶん悠長に構えていたね」ときわどい冗談を言っているのである。『こまのの物語』は、昼寝している、まだ幼い女君に、同じく若い男君が急接近して契りを結ぶという、ちょっと危うい恋の場面があったのだろう。『源氏物語』の蛍巻の昼寝をしている女君の絵を見る場面は、『紫式部日記』で昼寝している宰相の君を「絵に描かれている物語のお姫さま」と記している場面と関連しているだろう。それは、さらに『こまのの物語』の世界とも繋がっている。そして、ここで昼寝をしている宰相の君に接近する紫式部の視点は、『こまのの物語』とその物語絵さながらに、昼寝する女君に急接近して契りを結ぶ男君の視点と一体化していると言えるだろう。そのまなざしは、宰相の君の装束と硯筥《すずりばこ》を枕にして臥している額の様子までも暴き立てたうえで、口元を覆っている袖を引きのけて、宰相の君を熱に浮かされたように起こしてしまうのである。物語の場面を再現したような振る舞いと考えるべきだろう。目を開けた宰相の君のとまどったようなことばとともに、宰相の君の赤みを帯びた顔など、ある種のなまなましさが感じられる。女房どうしのやりとりに、物語の世界を再現したような、いわば遊戯的なパフォーマンスが描かれている。

頼通に続いて、中宮彰子のトップクラスの女房が物語に重ねて描かれていることは、物語の世界に軸足を置いた本作品の特質をよく表しているだろう。

倫子――菊の綿

続いて、九月九日、重陽の節句の日の記述である。

九日。菊の綿を兵部のおもとが持って来て、「これを道長さまの北の方が特別にあなたにですって。よくよく老いを拭い去ってねとおっしゃっています」と言うので、

菊の露わかゆばかりに袖ふれて花のあるじに千代はゆづらむ

（この菊の露にほんのちょっと若返る程度に袖を触れるにとどめて、千年の年齢は、花の持ち主であるあなたさまにお譲りいたします）

と詠んでお返し申し上げようとすると、「北の方さまはあちらのお部屋にお帰りになられました」ということだったので、そのままにとどめた。

重陽の節句の日には、前の夜から菊の花の上に綿を置いて露を含ませ、その綿で顔や身体を拭くという習慣があった。そうすると、若返ると信じられていたのである。ここでは、道長の北の方倫子がわざわざ紫式部のためにこの菊の綿を準備し、兵部のおもとという女房を介して贈ったことが書かれている。源倫子は中宮彰子の母でもあり、主家の主要な人

物が紹介されるという一連の流れは継続していた。

源倫子は左大臣源雅信の娘で、母は藤原穆子《ぼくし》である。道長とは永延元年（九八七）に結婚した。道長との結婚をめぐって『栄花物語』さまざまのよろこび巻に次のようなエピソードが紹介されている。

雅信は倫子を天皇の后にしようと考えて、大切に育てていた。ところが、道長が倫子に求婚してきた。当時、道長は関白である兼家の子であったが、三男で、その夫になることは、天皇の后に比べれば、ずいぶん落差があるという存在だった。そこで雅信は道長の求婚に対して、良い顔をしなかったという。その時、母の穆子が道長の将来性を鋭く見抜き、道長を婿にするよう、夫雅信に強く迫った。雅信は穆子の説得に負けて、しぶしぶ道長との結婚を認めた。道長は穆子に終生頭が上がらなかったと伝えられている。

雅信は左大臣の高みに上り、また宇多源氏の血を引くように高貴な人物であった。その人物の婿になったというのは、その後の道長の人生にとって大きなアドバンテージとなった。倫子との結婚は道長の人生を切り開いた。倫子は道長との間に彰子（一条天皇中宮）をはじめ、妍子（三条天皇中宮）、威子（後一条天皇中宮）、嬉子（東宮敦良親王女御）ら四人の后を生んだ。『栄花物語』はつ花巻に拠ると、道長は息子の頼通の結婚をめぐって「男は妻次第だ」（「男は妻《め》がらなり」）と言ったというが、これは道長の実感であったろう。

さて、この場面、倫子が紫式部に菊の綿を特別に贈ってきたというのである。道長、頼通とわざわざ紫式部の許を訪ねてきた記述が続いていたが、土御門殿の女主人というべき倫子もまた紫式部を気遣って菊の綿を贈ってきたのであった。倫子はこの年、四十五歳、紫式部は推定で三十六歳である。ここで倫子が菊の綿を贈ってきたことについて、紫式部が道長の召人であるという見方をさらに進めて、倫子は紫式部に敵愾心を燃やしていて、あなたは若くないからこの菊の綿でよく若返るように、と皮肉を込めて贈った。それに対して、紫式部も一歩も引かず、倫子さまのほうがもっと若返る必要があるでしょう、と贈り返した、という読みがある。いち早く、そのことを察知した倫子は部屋に戻ってしまい、紫式部の返事は無駄になった、という「倫子vs紫式部」の構図を読み取り、大変面白い読解である。

この時代、北の方は、召人に対して鷹揚に構えるのが普通であったが、先に見た『和泉式部日記』のように、極端な応対をする北の方がいなかったわけではないだろう。しかし、『紫式部日記』には、歌を詠み交わす親しい女房として大納言の君と小少将の君が登場しており、この二人は倫子の姪であった。倫子が紫式部に悪い感情を抱いていたとしたら、縁戚関係が現代よりも重い時代には、この二人と親しい関係を構築するのは難しかっただろう。紫式部が道長の召人であったとしても、倫子と紫式部がそのためにやり合うことはなかっただろうし、それを書き残すことはなかったと思われる。

紫式部と倫子は再従姉妹の関係であり、むしろ親しいがゆえに、戯れ合っているのではないか。よくよく老いを取り除いて、という、兵部のおもとに託したメッセージは、親しいがゆえの冗談だと考えられる。そして、倫子にこのように気遣われていることを誇りに思う気持ちさえ、紫式部にはあったのではなかろうか。道長や頼通も紫式部の許へわざわざやってきたように書かれていたのである。

このように主家の主要な人物を紹介してきた『紫式部日記』であるが、いよいよメインイベントというべき中宮の出産が近づいていた。

中宮彰子、出産へ

十日のまだ夜がほのぼのと明けそめるころ、中宮さまの御座所の設備が白一色に模様替えになる。中宮さまは白木の御帳台にお移りになる。道長さまをはじめとして、ご子息達や四位・五位の人々が騒ぎながら、御帳台の垂衣をかけたり、御座所の茵《しとね》などをあちこち持ち運んでいたりする様子は、たいそう騒がしい。

中宮の陣痛が始まり、中宮の御座所が白一色に改められた。白は邪気を払う色であり、中宮の出産の場となる御帳台も白木のものに取り換えられた。お産を直前に控え、いわば臨戦態勢に入ったのである。道長や道長の子ども達、四位・五位の中流貴族達があらたまった御帳台の垂衣をかけ、座布団を運ぶなど気忙しく働いていた。騒がしいという表現が繰り返され、喧騒の中で、お産への緊張感が高まっている。ここでは省略したが、以後、十日の記述には、修験者や陰陽師達の祈禱の様子が記されている。さらに北の御障子と中宮のいる御帳台の間の狭い所に四十人余りの女房がいて、のぼせ上がって何が何だかわからなかったと回想している。実家から遅れてきた女房達はその中に座るスペースがなく、座っている者達も裳の裾や着物の裾が人ごみの中でどこへいってしまったかわからないなど、リアルに再現されている。しかし、十日は出産の兆候なく、なかなかに難産となった。

十一日の明け方にまた北側の障子を二間とりはらって、中宮さまは北廂の間にお移りになる。御簾などもかけることができないので、御几帳などを何重にも重ね立て、中宮さまはその中においでになる。勝算僧正や、定澄僧都、法務僧都などがおそばに付いて、ご加持申し上げる。院源僧都が、昨日道長さまがお書きになったご安産の願文に、さらに尊いおことばを書き加えて、読み上げていることばが身に染みるように尊く、頼もしく思われることがこの上ないのに、道長さまがご一緒になって仏さまのご加護をお祈り申し上げているご様子は、本当に頼もしく、いくら何でも、まさかご安産なさらないことはあるまい、とは思いながらも、たいそう悲しいので、誰もみなあふれ出る涙をおしこめることもできず、「ほんとうに不吉な」「なんで、そんなに泣くの？」などと、お互いにたしなめあいながら、涙をとどめることができないのであった。

十一日の明け方に寝殿の中央に設けられていた御帳台が放棄され、北側の障子が二間分取り払われて、北廂に中宮は移った。そこは御簾などをかけることができず、几帳を幾重にも重ねて、中宮のお姿を隠したのだった。難産ゆえに、占いを立てたところ、北廂に移るような卦が出たのである。ある意味、緊急事態と言ってよい。

高僧達が中宮に加持祈禱を施す一方で、院源僧都が、道長が書き、自らもことばを足した、安産祈願の願文を読み上げる。そこに道長も声を添えて仏を念じている。その頼もしさに安心もするが、まさかの事態も想起される。その場にいる女房達は涙を押さえることができない。現代でもそのような観念は残っているが、涙は不幸を招くとされた。女房達はお互いの涙をたしなめつつ、なお涙が流れるのを止めようもなかった。

この時代、お産はまさに命がけのものであった。歴史物語『栄花物語』に登場する、平安時代の出産例を調べると、四十七人の妊産婦のうち、十一人の死亡例があり、出産回数でいえば、六十四回の出産に対して、一七・二％の母体死亡となるという報告もある（杉立義一『お産の歴史』）。医学の未発達ということもあるが、室内で暮らすことがほとんどだった姫君のライフスタイルによるところも大きかっただろう。それにしても、かなり高い母体死亡率であり、女房達が涙を流して心配しているのも当然であった。

こんなに人が多くたてこんだ状態では、中宮さまのご気分もいっそう苦しくていらっしゃるだろうということで、道長さまは女房達を南面の間や東面の間にお出しになられて、お側にいなければならない、主だった者だけが、この二間のところの中宮さまのお側に控えている。道長さまの北の方倫子さま、宰相の君、内蔵《くら》の命婦《みようぶ》が御几帳の中に、それに仁和寺の僧都の君や三井寺の内供《ないぐ》の君も、御几帳の中にお呼び入れになった。道長さまが万事に声高くお指図なさるお声に、僧の読経の声も圧倒されて鳴りをしずめたようだ。

もう一間に伺候している人々は、大納言の君、小少将の君、宮の内侍、弁の内侍、中務の君、大輔の命婦、それに大式部のおもと、この人は道長さまの宣旨女房ですよ。いずれも長年お仕えしている方々ばかりで、心配のあまり、みなとり乱して嘆いている様子はまことにもっともなことだが、私は、この方々に比べれば、まだ中宮さまにお仕えして間もないのだけれど、まったくほかに例がないほど大変なことだと私は心ひそかに思っていた。


中宮が気詰まりだろうと気遣った道長は、北廂にいた女房達に指示して、南面や東面に移動させた。しかるべき人達だけが中宮彰子の近くに残った。産所に残ったのは、倫子、宰相の君、内蔵の命婦。内蔵の命婦は道長家の女房で、倫子の生んだ教通《のりみち》の乳母であった。

御几帳の中には、倫子の異母兄の済信（仁和寺の僧都の君）、倫子の甥の永円（三井寺の内供の君）といった身内の僧達が招き入れられる。几帳の外では、道長が陣頭指揮をしていて、その大声に僧の声もかき消されるようだった。後述するが、『源氏物語』葵巻で、葵上が出産する際に、六条御息所の生霊が現われたように、この時代、出産に際して、物の怪が現われ、母体を攻撃し、出産を邪魔すると信じられていた。道長が圧倒的な声量で指示をしていたのは、物の怪を撃退するためでもあったと考えられる。

その次の間にいたのが、大納言の君、小少将の君、宮の内侍、弁の内侍、中務の君、大輔の命婦、大式部のおもと、といった女房達である。大納言の君、小少将の君はこの後、紫式部と歌を交わしている。倫子の姪にあたる、上臈の女房であった。最後の、大式部のおもとは道長付きの女房だったようだが、それ以外は、長年、彰子に仕える、いずれも重い立場の女房であった。

そこに紫式部もいた。女房達の中では、相当に篤い待遇である。紫式部はいずれも年功を積んだ女房達に囲まれながら、まだ仕えて年が浅いにもかかわらず、このような場にいることを謙遜し、主人のことを案じている。

紫式部がいつ中宮彰子に仕えたかは、先述したようにははっきりしないが、寛弘二年（一〇〇五）だとするとこの時点で三年目となり、この場にいるベテラン女房に比べると、まだ新参という範疇にあった。とはいえ、当然のことながら、紫式部が勝手にこの場にいるわけではない。紫式部がこの場にいられたのは、このお産の記録者としての役割が与えられていたためであろう。特権的な立場から紫式部は、お産の状況をメモし、また後日の取材も行って、このお産のドキュメンタリーを著述したと考えられる。道長や頼通が紫式部の許へやってきたのも、あるいは書かれることを意識した振る舞いだったのかもしれない。

ところで、お産を前にした女房達の配置や様子が、一人一人の女房名とともに描かれている。『紫式部日記』は女房の動向に神経を遣った記述となっているのである。一方で、『栄花物語』では、次の例のように、女房達は群れるかたまりとして登場していて対照的である。

・女房は所どころに群れながら、七、八人ずつ押し固まって座っていた（はつ花巻）
・（女房は）群れては群れては座っていて、何を言っているのだろうか、言いながらざわめき笑っているのも（はつ花巻）

この後、中宮は無事出産する。中宮を取り囲んだ女房達一人一人の祈りの力や涙が出産を成功に導いたかのようである。

同時に個々の女房名を挙げて、女房の配置を細かく示しているのは、女房に重点を置いた記録となっており、その記録に現実的な効用も認められるだろう。中宮の初めてのお産は、今後重ねられるはずの中宮、さらには道長家の娘達のお産のすぐれた先例である。この時代は儀式や政務についても、先例を重んじ、その例を踏襲することが求められていた。多くの女房達が参加するお産というイベントに、女房に重点を置いた記録がなされる意義は大きいだろう。もちろん『紫式部日記』は本書がここまで見てきたように、物語のような語り口が存分に発揮され、中宮の出産に向けて、道長、女房、僧侶など土御門殿内の人々の動きが活写されている。記録を超えた、文学的な再現に成功しているのである。

皇子誕生

中宮さまの頭の髪を形ばかりお剃ぎする作法をして、戒をお受けさせ申し上げる間、途方にくれた心地で、これはまあどうしたことかと、茫然として悲しい折に、安らかにご出産あそばされて、後産《あとざん》のことがまだ終わらない間、あれほど広い母屋から南の廂の間、縁の欄干のあたりまでいっぱいにたてこんでいる僧侶も俗人も、もう一度大声でお祈りをして深々と礼拝する。

中宮の髪を剃いだのは、あくまでも形式的なもので、戒を受けたのも同じである。戒を受けるとは受戒のことで、仏教の五戒、すなわち殺生《せっしょう》・偸盗《ちゅうとう》・邪淫《じゃいん》・妄語《もうご》・飲酒の五つをしないことを誓うことだった。その功徳によって、お産がうまくいくように願ったのである。ますます不安が募り、茫然とする中、続いて、安らかに出産されたと記される。原文には「たひらかにせさせたまひて」とある。続けて原文に「後のことまだしきほど」とあり、これは後産がまだだということである。後産とは、嬰児が生まれた後、胎盤を体外に出すことで、この時代、胎盤がうまく出ず、そのために母体が死亡する例が多かった。まだまだ緊迫した時間は続く。「さばかり広き母屋、南の廂、高欄のほどまで、立ち混みたる僧も俗も、いま一よりとよみて、額をつく」、目の前にその光景が広がるような、迫力ある文章だ。

東面の間にいる女房達は、殿上人に入りまじって座っているような状態で、小中将の君が左の頭中将頼定《よりさだ》さまとばったり顔を見合わせて茫然としていた様子を、後になって、みなそれぞれに言いだして笑う。この小中将の君はお化粧などがいつもゆきとどいてなよやかな美人で、この時も明け方にお化粧をしたのだが、目は泣き腫らし、涙でところどころお化粧くずれがして、あきれるほど変わってしまい、とても本人とは見えなかった。あの美しい宰相の君が面変わりなさっている様子なども、ほんとうに珍しいことだった。まして私の顔などはどんなであったろう。しかし、その際に顔を合わせた人の様子が、お互いに思い出せなかったのは本当に幸いであった。

出産時の東面の様子が記される。そこには女房だけではなく、男性貴族達も入り混じっていた。小中将の君が左の頭中将源頼定と顔を見合わせて茫然としていたという。頼定は道長の妻である明子の甥であった。優れた官吏であったが、東宮（のちの三条天皇）の尚侍藤原綏子《すいし》や一条天皇亡き後の女御藤原元子との間の浮名でも有名である。先述したように、この時代、貴族女性は男性と直接顔を合わせるのを避けていた。小中将はよほど我を忘れていたのだろう。普段からお化粧も完璧で、隙のない美人で、この日も暁にばっちりメイクも決めていたのだが、顔は泣き腫れ、涙でメイク崩れを起こしていた。小中将さんとは別人のようでしたよ、と紫式部は書いている。直接、その姿を見たのか、あるいは伝聞なのか。紫式部は中宮の隣の間にいたので、伝聞かもしれない。

もちろん中宮のことを心配してのメイク崩れなので、小中将の君の忠誠を書いてはいるのだけれど、別人だとまで言っているのは、少し毒気がある。さらにあの昼寝をしていた美人、宰相の君の面変わりを記して、ましてや自分はどうだったのだろう、と思う。だけど、その際に顔を合わせた人の顔はお互いに思い出せないのは幸いだ、とする。そう言いながら、しっかり書いているわけだが、とりあえず、緊迫感が続く記述の中で、ふっと気分を和ませるようなエピソードが効果的に置かれている。

次に叙述は、時間を遡行し、あらためて出産前に戻る。


いよいよ出産をなさるときに、物の怪がくやしがってわめきたてる声などがなんと恐ろしいことよ。源の蔵人にはそうそという人、右近の蔵人には法住寺の律師を、また宮の内侍の係の局にはちそう阿闍梨を受け持たせていたところ、よりましが物の怪に引き倒されてあまりにかわいそうなので、さらに念覚阿闍梨を召し加えて大声に祈禱する。阿闍梨の効験が薄いのではなく、物の怪がひどく頑強なのであった。宰相の君の係の局の招禱人《おぎびと》として叡効を付き添わせたところ、一晩中、大声で読経して夜を明かして、すっかり声もかれてしまった。物の怪が早くよりましに移るように新たに召し加えた僧達も、みなうまく移らないで、大騒ぎをしたことであった。

　ここで、物の怪側の激しい抵抗が描かれる。悔しがる声は、悪霊達の最後のあがきのようだ。その声は、よりまし（憑座）の口を借りたものである。よりましとは、物の怪を下ろす霊媒のことで、僧などの祈禱の力によって、いったんよりましに物の怪を下ろして、退散させるのである。よりましは少女が務めることが多かった。ここでは、よりましをグループに分け、それぞれのグループを中宮付き女房が担当統括していた。またそこではグループごとに、僧侶が割り当てられていて、よりましに下ろした霊を退散させようと死力を尽くしていたのである。出産直前の最後の攻防戦である。物の怪もさるもの、宮の内侍が担当するグループはちそう阿闍梨（千算かとされる）が祈禱担当だったが、下ろした物の怪に、かえってよりましが引き倒されてしまった。そこで、念覚阿闍梨を召し加えて大声で祈禱した。阿闍梨の効験が薄いのではなく、物の怪がひどく頑強なのであった、と紫式部はフォローしている。

　もたらされる栄光が輝かしければ輝かしいほど、それを阻止しようとする闇の力は強くなる。物の怪達の抵抗が強ければ強いほど、このお産が成功した時の重みが際立つのだ。

ところで、物の怪達はここで自らの正体を明かしてはいない。実際の現場ではどうだったのだろうか。彰子の父道長やその一族に恨みを持つ敗者の死霊は少なからずいただろう。道長の祖父師輔に恨みを持ち、その子孫達に祟った藤原元方のような、当時の有名な怨霊もいた。元方の霊はこの場に来なかったのだろうか。また一条天皇の后ということでは、一条天皇の寵愛を受けながら、三番目の子の出産直後に亡くなった皇后定子がいる。定子が物の怪となって、この場に現れる可能性を少なくとも道長方の人々は考えなかっただろうか。

いずれにしても、『紫式部日記』は物の怪達が恨み言を言ったとのみ記して、その正体については沈黙している。闇は光を際立たせるためにある。仮に物の怪が自らの正体を明かしたとしても、この『日記』に記し留めはしなかっただろう。

続いて、中宮出産というイベントを総括するような文章が置かれている。

正午に、まるで空が晴れて朝日がさし出たような気持ちがする。ご安産でいらっしゃるうれしさが比類もないのに、そのうえ皇子さまでさえいらっしゃった喜びといったら、どうして、並みひととおりのものであろうか。昨日、一日中泣きしおれてすごし、今朝ほどもまた秋の朝霧の中をむせび泣いていた女房なども、みな別れ別れて局に戻って休む。中宮の御前には年配でこういう時にふさわしい女房達が付き添っていた。

原文に「午の時に空晴れて、朝日さし出でたる心地す」とある。今一度、出産前から辿り直した叙述は、あらためて嚙みしめるように、出産の事実を確認する。昼の午の時なのに、朝日がさし出たような気持ちがしたという。伝統的に、皇族は光に喩えられることが多く、曙光はその誕生を記すのにいかにもふさわしいだろう。しかも初めて、午の時と時刻を刻んできたのは、冒頭から日付を記さなかったことと照らすと、その時刻を記すことに特別な意味を持たせようとしたことが見えてこよう。

さらに、安産であったと記され、後産も成功したことが示される。生まれたのは男児。待望の皇子誕生であった。長時間、涙に暮れた女房達がみなそれぞれの部屋に下がって休む。一体になって、中宮の出産成功を祈り、物の怪から守っていた中宮彰子チームの戦いも終わり、いったんゲームセット、解散という形である。

とはいえ完全に油断することはできない。まだしかるべき女房達が彰子のまわりに残って、母体急変の危険性に備えている。そのことを記すことを『日記』は忘れてはいない。

生まれた皇子は敦成親王といわれ、のちに八歳で即位し、後一条天皇となる。待望の道長の外孫の皇子であり、この誕生は道長の絶大な栄華に向けての最初の重要な布石となった。一方で、この敦成親王の誕生によって、故定子皇后の生んだ敦康親王の即位の可能性は低くなった。敦康親王は彰子に養育されていたが、道長にしてみれば、自分の血を分けた孫が即位してゆくに越したことはない。逆に敦康親王の伯父である伊周は、この皇子の即位に一縷の望みを繋いでいただろう。『古事談』という鎌倉時代初期に作られた説話集に拠ると、敦成親王誕生以前には、貴族達は、昼間は道長に仕えながらも、夜人目につかない時間に伊周邸に集まって、保険をかけるような行動をとっていたが、敦成親王誕生後は伊周の許へは行かなくなったという。翌寛弘六年正月には、伊周の叔母高階光子が中宮彰子と敦成親王を呪詛する事件を起こし、伊周も連座し朝廷への出仕を止められる。四ヵ月弱で伊周は許されているので、どこまで深くその件に関わっていたかは不明だが、この件も敦成親王誕生の暗い余波であったと言えるだろう。そして、その次の年の寛弘七年正月、伊周は失意のうちに亡くなる。遺言などについては先述した通りである。

産養

皇子誕生を記してきた『紫式部日記』は続いて、産養という誕生を祝う儀式を記している。誕生後から奇数日、三日、五日、七日、九日に産養が行われた。生まれてきた子の親族やゆかりが深い立場の人物が主催する形で行われた。もともとは産着を奉仕することから始まった儀礼らしい。ここでは道長が主催した五日の産養、朝廷が主催した七日の産養の一部を紹介しておこう。

誕生五日目の夜は道長さまの産養である。

十五日の夜の月がくもりなく照って美しい上に、池の水際近く篝火《かがりび》をいくつも木の下に灯しながら、屯食《とじき》どもを立て並べる。身分の低い下衆の男達のしゃべり合っている様子などまでが、晴れがましさをもりたてるかのようだ。主殿寮《とのもづかさ》の役人が立ち並んで松明をかかげている様子がかいがいしく、昼のように明るい。あちこちの岩の陰や木の下陰に集まっている公卿がたの随身ふぜいの者どもさえ、めいめい話しあっているらしい話題は、このように世の中の光ともいうべき皇子がご誕生になられたことを、かげながら今か今かと願っていたのだが、自分達の力でついに成就できたのだといった手柄顔で、何ということもなく相好をくずして、いかにもうれしそうであるよ。ましてこの土御門殿のお屋敷の人達は、何ほどの人数にも入らぬ五位どもなどまでもが、腰をかがめて会釈をしながら、どこへ行くともなく行ったり来たりして、忙しそうな様子をして、満足な世の中に出会ったというような顔をしている。

九月十五日。中秋の名月に照らされる中、池の水際近く、木の下に篝火が焚かれ、屯食が立て渡されている。屯食は諸説あるが、庭の上に折敷《おしき》などの食器を並べ、その上に強飯《こわいい》を卵形に握ったものを盛ったものとされ、身分が低い者達にふるまわれた。

紫式部は土御門殿の邸内にいて、簀子《すのこ》のような場所から、外の庭園を見下ろしていると推定される。この時代、内裏の清涼殿に昇殿できない者達を指して、地下人《じげびと》と言ったが、中世には庶民を指すようになった。身分が低い者は土御門殿のような御殿に上ることは許されず、邸内と邸外には大きな格差があった。賤しい者達がはれがましく歩き回っている様子を記した後、公卿達の随身のような身分の者までがこのような光（皇子）が世の中に出現したことをまるで自分のお陰で願いが実現したように嬉しそうに笑っていると書く。ましてお屋敷の、道長の家司のような、取るに足らぬ四位、五位の者達が腰をかがめ会釈しながら、満足な世の中に出会ったという顔で、特に忙しくもないのに忙しそうにしていると述べている。紫式部のような女房達は邸内で五日の産養の儀式に参加したが、随身や家司は庭にいて、それぞれの職務に当たっていたのである。

紫式部の見下ろされたまなざしは、皇子誕生が下々の者達にも与えた余慶を描いて余りある。しかし、その一方で、この随身にしても、四位、五位の者達にしても、どこか戯画化されて書かれている。自分には直接関係ないことなのに、自分の願いがかなったように喜び、また腰をかがめて行き違い、忙しそうに振る舞う。ハイテンションな様子に、主人達の喜びを我が事とする忠誠心が描かれてはいるものの、その浮足立つ者達の姿は、滑稽さも際立つ。四位、五位の家司、といえば中流貴族であり、父親の為時の階層と同じであった。四位、五位を人数に入らぬとするのは、この記述が主家の立場からの記述であることを示す。それは見下ろす視点とも関わるだろう。それとともに、このような姿をあえて切り取って記すところに、本来の自分の出自に対する意識が反映しているかもしれない。女房であるがゆえに、今中枢の場にいられるということ、また主家の栄華は自分の栄華ではないということ。このような自分を見つめる眼を読み取ることができるかもしれない。

続いて、五日の産養が終わった後の宴会の様子が描かれている。

公卿がたは席を立って、渡り廊下の橋の上においでになる。そこで道長さまをはじめ、みな攤《だ》を打って興じられる。高貴な方々が賭物の紙を得ようと夢中で争われる様子は、あまり好ましいものではない。やがてお祝いの歌などが詠まれる。「女房よ、杯を受けなさい」などと言われたときには、どんな歌を詠んでお応えしたらよいかしらなどと、口々に歌を心の中で試作してみる。

めづらしき光さしそふさかづきはもちながらこそ千代もめぐらめ

（若宮がお生まれになってすばらしい光のさし添うこのおめでたい杯は、手から手へと望月さながらに欠けることなく、千年もめぐることでございましょう）

「四条の大納言、藤原公任さまに歌を詠んでさし出すような場合は、その歌はもちろんのこと、声の出し方などにも気くばりが必要でしょうね」などと、互いにひそひそ声で言いあっているうちに、何かと事が多くて、夜もたいそう更けてしまったためか、とりたてて歌を詠むように杯に酒を注ぐこともなく退出されてしまった。

道長をはじめ、公卿達が攤（双六の一種）を行って楽しんでいる。当時、双六は物を賭けて行われる賭博であり、中世の説話集などにはプロの双六打ちが登場している。ここでは紙が賭物の対象となっていて、紙が貴重品であったことがわかる。

続いて、祝賀の歌が詠まれる。杯が回ってきたら、和歌を詠むという趣向である。女房達にも杯が回ってくる可能性があった。回ってきたら、どのような歌を読んだらよいのだろうか、と女房達は口々に和歌を試作してみる。その場の中心にいるのは、藤原公任。四納言の一人で、家柄は、道長よりも上。和歌・漢詩・管絃すべてに優れた才能を発揮していた。『和漢朗詠集』という和歌や漢詩を朗詠するためのアンソロジーを編んでいるように、朗詠にも一家言あり、和歌を詠みあげる際にも、その声遣いに神経を遣う必要があった。

紫式部が心の中で試作したのが「めづらしき」で始まる歌である。実際に、この歌が詠みあげられることはなかった。夜が更けたせいか、公任は特に女房達にまで杯を回すことはなかったのである。女房達はいついかなるタイミングで、即興的にふられるかわからない緊張感の中にあり、それだけに備えあれば憂いなしではないが、日ごろから事前の準備が大切であったことをこの記述は教えてくれる。自分から、良い歌ができました、とひけらかすことはできない。あくまでも受身である。この時代の女房達には実際に披露されなかった歌も多かったのではないか。紫式部は披露されなかった自信作をちゃっかりこの『日記』の中に記していたわけだが。

次に七日目の産養の記述を見よう。七日目は朝廷主催の産養である。ここでは、出産後の中宮彰子の姿が描かれている。

中宮さまの御帳台の中をおのぞき申し上げたところ、このように国の母としてあがめるような端麗な様子にもお見えにならず、少しお苦しげで面やせておやすみになっておられるご様子は、いつもよりも弱々と美しくて、お若く愛らしげでいらっしゃる。

小さい灯炉を御帳台の内にかけてあるので、隅々まで明るい中に、一段と美しいお肌の色がすきとおるほどにおきれいであるうえ、ふさふさとした髪は、おやすみになるためにこうして結い上げなさると、いっそうみごとさをお増しになるものなのだなあと思われる。こんなことを申し上げるのも、ほんとうにいまさらめいた感じがするので、よく書き続けることもできない。

御帳台の中の中宮彰子を紫式部がのぞくという形で、その姿がクローズアップされている。これまでお産の中心人物である中宮彰子は絶えず女房集団の奥にいて、その姿が描かれることはなかった。中宮彰子は国の母としてあがめられるような姿ではなく、原文でいうと「うるはしき御けしきにも見えさせたまはず、すこしうちなやみ、おもやせて、おほとのごもれる御有様、つねよりもあえかに、若くうつくしげなり」であったという。「うるはし」とは、きちんとした、隙のない美しさをいう形容詞である。その地位からいって、堅苦しさにも繋がる「うるはし」と形容されてしかるべき存在でありながら、彰子はそうではなかった。少し苦しげに面やせて眠っていらっしゃる姿は、お産が母体に与えた影響の重さをしのばせる。そのダメージを受けたお姿はいつもより弱々しく、お若く、「うつくしげなり」であった。「うつくしげなり」とは、可愛らしいさまをいうことばである。

場の表面に君臨するのではなく、つつましく若く可憐な姿で中宮を描写しているのである。

さらに、御帳台の中にかけてある小さい灯炉が中宮のお姿を照らし出していることを殊更に書いて、さらに読み手の関心を中宮に向けさせている。灯炉の光は、中宮の、底知れぬ透き通るような肌の美しさを照らし出している。またその光は、結ったほうが美しさが勝るほどの豊かな髪をも照らし出す。平安時代において、美しく豊かな髪は女性の美貌の大きな条件であった。それとともに、この豊かな髪は彰子の若さを示してもいるだろう。肌の美しさも同様である。出産によってダメージを受けた中宮だが、着々と若い身体が快復に向かっていることを描き出しているのである。そして、いまさらのように、あまりに中宮を書きすぎてしまったことに気づき（気づいたふりをして）、強い畏まりのなかで、中宮の描写は終わる。これ以上書き続けられないと述べて、中宮に敬意を示しつつも、主家に栄花をもたらした、若いリーダーの若いが故の可憐な魅力と豊かな未来を伝えているのである。

道長からの相談

『紫式部日記』は九日までの産養の儀式を記した後、次のような道長に関わるエピソードを紹介している。

道長さまが夜中といわず明け方といわずおいでになっては、御乳母のふところをさがして若宮をおのぞきになるのだが、乳母が気を許して寝ているときなどは、訳もわからずねぼけて目をさますのも、ほんとうに気の毒に思われる。若宮のまだ何もおわかりにならないころなのに、道長さまはご自分だけはいい気持ちになって、抱き上げておかわいがりになるのも、ごもっともであり、すばらしいことである。

またあるときには、若宮が、とんだことをおしかけになったのを、道長さまは直衣の紐をほどいてお脱ぎになり、御几帳のうしろで火にあぶっておかわかしになる。そして、「ああ、この若宮の御尿に濡れるのは、うれしいことだなあ。この濡れたのを火にあぶるのこそ、ほんとうに、思いがかなったような気がするわい」と、お喜びになる。

道長がしょっちゅう生まれたばかりの皇子の許にやってきては、乳母の懐にいる皇子を探しておのぞきになるという。乳母がうとうとしている時などは、急なことで、ねぼけてまごついてしまい気の毒なくらいだ。そんなことはお構いなく、まだ首も座っていない皇子を道長は抱き上げて可愛がっている。

皇子誕生五十日の祝い（ColBase〈https://colbase.nich.go.jp/〉）

ある時には、皇子がおしっこを道長にかけてしまった。道長は着ていた直衣が濡れてしまい、紐を解いて、御几帳のうしろで火にあぶって乾かす。道長は、この若宮のおしっこに濡れるのは嬉しいと語り、濡れた着物を火にあぶるのは、思いがかなった気がする、と相好を崩している。

　夢中になって孫を可愛がっている道長の姿は、好々爺然として、確かに人間味あふれている。そこに孫に対する、祖父の愛情があることは確かである。その一方で、この孫によって、道長が政治的に得たものの大きさを思えば、そこに政治家道長の姿も見え隠れしていることは否めない。いかに待望の皇子であったのかを、おしっこに濡れて、喜んでいる道長の姿は象徴的に表現している。

なお、それから四年後、一条天皇の次の天皇である三条天皇の中宮に、彰子の妹である妍子が立ったが、長和二年（一〇一三）、妍子が生んだ子は女児であった。三条天皇の外戚をも、もくろんでいた道長は、女子が生まれたことに不快感を隠そうともしなかったと伝わっている。この場の道長の手放しの喜びには、皇子であったことが大いに関わっていたのだろう。

続いて、次のような記述がある。

中務の宮（具平親王）のあたりの御事に、道長さまは一所懸命になられて、私をその宮家に縁故ある者とお思いになって、いろいろと相談なさるにつけても、ほんとうに、心の中では、さまざまに思案にくれることが多かった。

今度は紫式部と道長とのやりとりが記されている。道長は紫式部を中務の宮すなわち具平親王にゆかりある人物として、あれこれと語りかけてくるという。ここだけを見ると、道長が語りかけてくる目的は不明である。しかし、その後の展開を踏まえると、道長の目論見は明確になる。頼通が具平親王の娘隆姫と結婚したのである。

具平親王は第一章で触れたように、父為時や伯父為頼が親しく仕え、その邸宅に出入りしていた人物であった。村上天皇の皇子であり、優れた学才で知られていた。道長は長男の結婚相手として、親王の娘隆姫に白羽の矢を立てて、親王家と関わりが深い紫式部に相談を持ち掛けたのである。頼通は当年十七歳、隆姫は十四歳であった。道長がまず相談を持ち掛けるほど、具平親王家と紫式部との関わりは深く、よく知られていたのだろう。紫式部に具平親王家への出仕体験があったとすれば、隆姫のことをよく知っていた可能性が高い。

この時代、縁談に女房が関わることが普通にあった。特に室内にいることが多く、情報に乏しい姫君のことを姫君に仕えている女房や親戚の女房から男性側が聞き出すことがよくあった。『源氏物語』でも、例えば末摘花《すえつむはな》の情報を光源氏に伝え、仲立ちをした大輔の命婦がいる。大輔の命婦は末摘花と縁戚関係にあった。『蜻蛉日記』の冒頭にも、結婚には、女房が関わるのが普通だという旨の記述がある。そのような女房の延長線上に、『源氏物語』の、王の命婦（光源氏と藤壺中宮との密通を仲介）や小侍従（柏木と女三宮との密通を仲介）といった、密通を手引きする女房が登場してくるのだろう。

ここで道長から相談を持ち掛けられた紫式部は複雑な思いがした、と記して、あまり気乗りがしていないようである。何か紫式部に抵抗を感じさせる要因があったのだろうか。最終的に、頼通と隆姫は結婚に至ったわけで、客観的には紫式部が抵抗を感じる要因はないように思える。むしろこの結婚に関われるのは、栄誉であっただろう。

しかし、御曹司の結婚をめぐって、道長から相談されることは、周囲からの軋轢を生むことが十分想定されたと思われる。先述したように、紫式部が彰子の女房集団に迎え入れられた際にも多くの陰口が叩かれていたらしい。そのため、紫式部は突出することを避け、目立たないように努めていたと、『紫式部日記』の後半にある消息的部分で述べている。ここで道長の相談に対して消極的な思いを吐露しているのも、いわばそうした演技に通じる処世の戦略であったのではないか。

なお『栄花物語』には具平親王のほうから頼通を婿にしようと縁談を持ち込んだように書かれているが、『紫式部日記』の記述から推測するに、道長がこの縁談に積極的であり、道長から持ち掛けられた縁談だっただろう。道長の正妻倫子は先に見たように宇多源氏の名門であり、またもう一人の重きを置いた妻明子は醍醐源氏の源高明の娘であって、道長は名門の血を妻に求める傾向があった。その成功体験が、頼通の妻に村上天皇の子である具平親王の娘を求めることに繋がったのだろう。加えて、具平親王は教養深く、漢籍や和歌にも大変優れていた。そのような学才を尊重する思いも道長をはじめ、当時の人々は持っていた。一条天皇も漢籍をはじめ、文学への強い思いを持っていたので、具平親王の娘を息子の妻とすることは、一条天皇との関係を強めることにも繋がると道長は考えていたのかもしれない。

ところで、この結婚はその後、『源氏物語』が読まれ、広がっていく歴史にも一つの綾をもたらすことになる。頼通と隆姫が結婚して間もなく、具平親王が他界した。頼通は具平親王の息子で生後間もない男子を引き取り、養子にする。源師房《もろふさ》である。師房はのちに道長の五女尊子（明子腹）を娶り、道長の婿になった。頼通が北の方である隆姫以外の妻との間に男子を作ったので、師房は後継者となることはなかったが（隆姫は九十三歳の長寿を保ったが、子をなすことはなかった）、その子孫は藤原摂関家と緊密な関係を保ちながら権勢を誇った。

師房の息子俊房《としふさ》、娘麗子《れいし》の許には『源氏物語』の有力な写本が伝わっていた。それぞれ堀河左大臣俊房本、従一位麗子本と呼ばれる本で、鎌倉期に源光行《みつゆき》・親行《ちかゆき》が河内本と言われる『源氏物語』の優れた写本を作成するときに参考にした由緒ある本である。俊房・麗子の母である尊子からの伝承を考えることもできるが、紫式部と具平親王の縁を思う時、頼通と隆姫との結婚を媒介にこれらの『源氏物語』の優れた写本が伝わった蓋然性は高いのではないだろうか。『源氏物語』が伝わり、読まれていく歴史と、この記述は深く関わっていたのである。

行幸

十月十六日。一条天皇が土御門殿に行幸する。生まれた皇子に会うためである。臣下の家に帝が行幸するのは大変な栄誉で、出産、産養に続く、大きなイベントであった。『紫式部日記』は、行幸を前に飾り立てられた屋敷の様子を記す。紫式部は憂いに沈んでいる。

行幸の日が近くなったというので、道長さまはお屋敷のうちを一段と手入れをし、立派になさる。みごとな菊の根を、あちらこちらからさがし出しては、掘って持ってくる。色とりどりに美しく色変わりした菊も、黄色が今盛りである菊も、種々さまざまに植えこんである菊も、朝霧の絶え間に見わたした光景は、まったく、老いもどこかへ退散してしまいそうな気持ちがするのに、どういうものか、ましてこの人一倍のもの思いが、もしもう少しでもいい加減なものである身の上であったならば、いっそ風流好みに若々しくふるまって、この無常な世を過ごしもしようものを、どういうものか、すばらしいことやおもしろいことを見たり聞いたりするにつけても、ただもう一途に、常々思い続けてきたことに引き付けられることが強くて、憂鬱で、思うにまかせずに、嘆かわしいことばかりが多くなるのが、実に苦しい。どうかして今はやはり何もかも忘れてしまおう、いくら思ってみたところで、かいのないことだし、こんなことでは罪も深いことだ、などと、夜が明けはなれると、ぼんやり外を眺めて、池の水鳥の群が何の物思いもなさそうに遊びあっているのを見る。

水鳥を水の上とやよそに見むわれも浮きたる世をすぐしつつ

（あの水鳥どもを、ただ無心に水の上に遊んでいるものと、よそごとに見ることができようか。わたしだって、あの水鳥と同じように、浮いた落ち着かない日々を過ごしているのだから）

あの水鳥どもも、あんな楽しそうに遊んでいるとは見えるけれど、その身になってみれば、きっととても苦しいのだろうと、ついわが身に思いくらべられてしまう。

見事な菊が根ごと土御門殿に移植されている。美しく色変わりしたもの。今を盛りに咲いているもの。バラエティ豊かな菊の花が朝霧の中に見渡される。当時、菊は色変わりしたものも、賞美されていた。菊は長寿に繫がる植物で、菊の綿をめぐる倫子とのやりとりにあったように、若返りの効果があるとされた。しかし、ここで紫式部は、自分は物思いが募るような身の上なので、老いを忘れて、この無常の世の中を風流に若々しく過ごすことはできないと述べている。さらに自分の心の中にはずっと思い続けて引っかかるものがあり、その思いに引かれて、物憂く、嘆きが勝り、苦しいのだという。この思いを出家遁世への思いとする説もあるが、続いて、思ってもかいがない、罪も深いという文章があるので、そうすると出家を願うことが罪となってしまう。

心の中にずっと引っかかっている思いとは何だろうか。いや、そのことを考える以前に、紫式部がその内実にまったく触れていないことを重視すべきではないか。紫式部は苦悩を抱えていることは記しているが、その苦悩がどのようなものかは具体的に記していない。

ここでは、苦悩が飾り立てられた主家の様子を媒介に掘り起こされている。あくまでも中心は主家の盛儀であり、書き手である紫式部はそこに従属している関係にある。五日の産養の記事で、主家の栄華を我が事のように思い、腰をかがめて忙しそうにしている従者達が戯画化されて描かれていた。そうした従者達とは違い、紫式部の憂愁の叙述は、紫式部が主家の栄華の世界とは別世界の苦悩の中に生きていることを示している。

また『日記』には皇子のおしっこに濡れて「思いがかなった」と喜ぶ道長の姿が描かれていた。紫式部の「物思い」への沈潜は、対照的であり、栄華の世界の主役ではないという、女房の立場に関わるのではないだろうか。紫式部は宮仕えの場にいることの憂いを記すが、その憂いは宮仕えを否定するものではない。その憂いとは、思いをかなえた主家の人々に対して、一線を引き、身の程をわきまえて仕えているということである。紫式部の苦悩は文章の上だけではなく、実際の宮仕え生活の中で持続的に存在したのであろうが、そのことで、主家の栄華の世界から常に距離をとる、慎みを持ったスタンスが獲得されている。そもそも仏教的な厭世観が浸透していた時代に、苦悩に沈むこと自体、マイナスなことではなかった。

紫式部の眼は池にいる水鳥に注がれる。物思いがないように遊んでいる鳥、これを華やかな宮中にいる我が身に重ねる。水鳥は何の憂いもなく遊んでいるように見えて、水中で一所懸命、脚を動かしている。けっして、よそごとではない。私も水鳥と同じように、苦しい思いをしている。

「水鳥を」の歌は、紫式部の思いを鮮やかに表象していると言えるだろう。見た目は、華やかで楽しそうな女房だが、実態はこんなに苦しいのだ、と紫式部は語っている。

女房生活の厳しさを述べる箇所はこの『日記』にはほかにもあって、この作品が「女房」と切っても切れない関係にあることがわかる。さらに、このような苦悩が第三者に読まれることを考えた時に(基本的に当時、書かれたものは読まれることを想定しているし、この『日記』のテーマからして、なおさら読者を想定していないとは考えにくい)、これほどに宮仕え生活の憂いを記すのは、自分が実際の出自以上に主家から厚遇されていることも影響しているのではないだろうか。その厚遇はこのような記録を任されていることとも関わるし、その前提である『源氏物語』の作者であるということとも関わる。さらに、主家の御曹司頼通の結婚も仲介することになりそうな成り行きである。この後、紫式部は別の女房との間で、おそらく自身の厚遇と関わるトラブルにまきこまれている。現代でも中途採用の社員が特別扱いで昇進すると、何かと周囲と軋轢を生むものだろう。

本当は、こんなにつらい思いで宮仕えをしているのですよ、けっしていい気になっているわけではありません、と紫式部は周囲の人々に暗に伝えているのではないだろうか。この憂いの記述は、紫式部の孤独な内面が読み解かれることが多いが、自己防衛のための記述という観点から捉え直すことができるかもしれない。

この後、里に下っていた小少将の君と歌を交わす。小少将の君は道長の北の方倫子の姪で源時通の娘である。

雲間なくながむる空もかきくらしいかにしのぶる時雨なるらむ　（小少将の君）

（雲の絶え間なく時雨が降っていますが、その中で私も物思いに沈んでいます。この時雨をあなたが恋しくて降っている私の涙だとご存知ですか）

ことわりの時雨の空は雲間あれどながむる袖ぞかわくまもなき　（紫式部）

（時節柄当然降る時雨の空には、雲の絶え間がありますが、あなたを恋しく思う袖は涙で乾く間もありません）

一見して、恋の歌のようなやりとりである。このような心の底から慕わしい同僚の女房と交流して、紫式部は一心地ついて、宮仕えを続けてゆくのだった。同じように、『日記』には実家に戻り、そこで過去と現在の落差から憂いに沈む記述があるが、そこでも大納言の君という同僚女房（道長の召人でもあった）と和歌の贈答をして、宮仕えに戻っている。

小少将の君は、大変親しい関係にある女房であった。小少将の君はどこか護ってあげたいと思うような、はかなげな美しい人だったようである。『紫式部集』には紫式部が若いころから、同性の友人と頻繁に交流したことが記されていたが、同性の友人を大切にする姿勢は変わりがなかった。『紫式部集』に拠ると、その後、小少将の君は紫式部よりも先に亡くなった。生前交わした書簡を文箱から見つけた紫式部は、共通の友人であったらしい加賀少納言という女房と人の命のはかなさを詠んだ歌を交わしている。

いよいよ一条天皇の行幸の日になった。暁に、小少将の君が里から戻ってきた。お互いに髪に櫛を入れ合って、帝の到着を待った。まだ先だと油断していたら、行幸の列で楽人が奏する鼓の音が聞こえて来た。帝の到着である。あわてて小少将の君と御前に参上した。一条天皇を乗せた輿が土御門殿の寝殿の階隠《はし》し（階段）の許に寄せてくる。

御輿を寝殿の階隠しにかつぎ寄せるのを見ると、担ぎ手の駕輿丁《かよちょう》があれほど低い身分ながらも、階段を担ぎ上がって、ひどく苦しそうに這いつくばって伏しているのは、私と何の違いがあろうか。高貴な人々に交わっての宮仕えも、身分に限りがあるのだから、ほんとうに安からな気持ちがしないことだと思い、駕輿丁を見ている。

天皇が乗る輿は屋根の頂に金色の鳳凰を据え、鳳輦《ほうれん》と呼ばれた。地面に着く車輪はなく、常に人が担いだ。担ぎ手を駕輿丁といい、近衛府や兵衛府の武官が務めた。帝が土御門殿の寝殿に到着する輝かしい瞬間、その描写に際して、帝を乗せた鳳輦ではなく、輿を担いで階段で伏している駕輿丁をクローズアップしてみせる。そして、その苦しげな姿は、宮仕えをする私と同じだと言う。あの水鳥と自分を重ねた記述と同様に、今度は駕輿丁の姿に自分を重ねているのである。

さらに付け加えると、ここでの紫式部のまなざしは、帝の姿を捉えていない。いや、それ以前に帝の乗った鳳輦にも届いておらず、それを担いでいる駕輿丁へと下降している。紫式部の視線は帝を直視することをはばかり、そのはばかった視線が自らと同じような存在である駕輿丁を見出したという形である。

この後、帝を迎えて華やぎを増す土御門殿の様子が描かれるが、帝が細かに描写されることはない。行幸のクライマックスとなる生まれた皇子との対面の場面も、以下のようにあっさりと書かれている。

道長さまが若宮をお抱き申し上げて、天皇の御前にお連れ申し上げる。天皇が若宮をお抱きとりになるときに少し若宮がお泣きになる声もとても可愛らしい。

この場面を『栄花物語』はつ花巻では『紫式部日記』の記述を踏まえつつ、次のような記述を加えている。

天皇が若宮と対面なさるお気持ちはどうかご推察あれ。「この皇子の誕生につけても、一の皇子（敦康親王）がお生まれになった時にはすぐに対面できず、様子も聞かなかったことだよ。やはり仕方がないことだった。こうした筋には、やはり頼りになる外戚がいてこそ心丈夫というものなのだ。すばらしい国王の位であっても引き立てる人がいなくては、どうしようもないことなのだ」とお思いになる。すぐに第一皇子とこの若宮の将来のご様子までも思い続けられて、天皇は、この第一皇子を可哀そうにお思いになるのであった。

『栄花物語』はつ花巻の敦成親王誕生場面や産養の儀礼などは『紫式部日記』と表現の共通性が高く、基本的に『紫式部日記』の記述を引用している。『栄花物語』は『紫式部日記』以外にも、先行する仮名日記（女房の日記）を部分的に引用・編集することで、編年体の歴史物語を作り上げていたと考えられている。『栄花物語』は『紫式部日記』のその場に立ち会った女房の当事者的な視点を通時的な歴史叙述の中に落とし込んでいる。『栄花物語』が一条天皇の心の中を書いているのは、まさに歴史物語としての操作であろう。この敦成親王の誕生によって、第一皇子にして定子腹の敦康親王が東宮になり即位する可能性は著しく後退した。そのことを一条天皇の心の中を描写することで『栄花物語』は物語っているのである。第一皇子敦康親王が帝位に立つことがなかった歴史を見届けた時点から語られた物語であるがゆえに、その将来を不安視する一条天皇の心の中が記述されたということもできよう。『栄花物語』は第一部と第二部に分けることができ、第一部

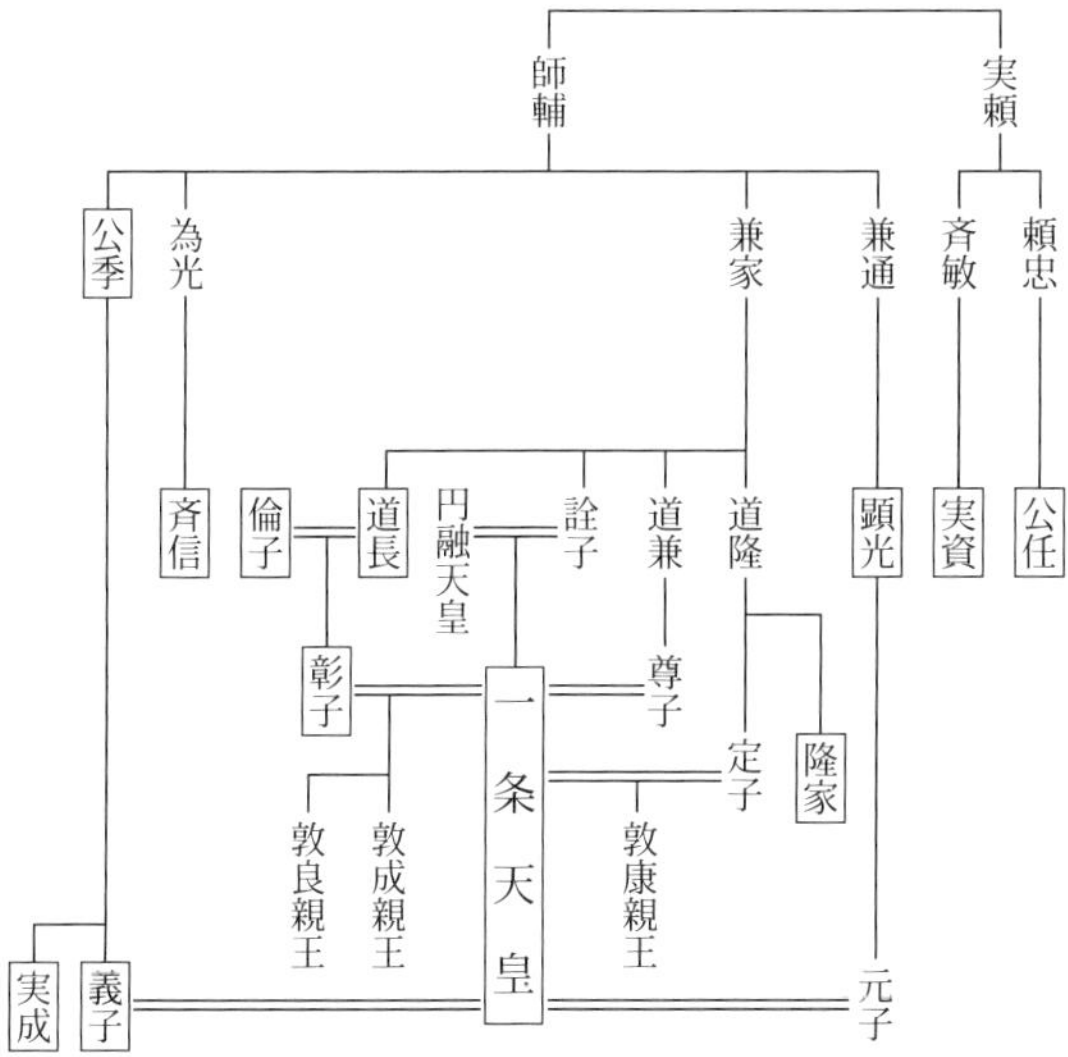

一条天皇関係系図　五十日の祝宴（次項）に登場する人物を四角で囲っている（一条天皇は除く）

の作者は赤染衛門と言われる。赤染衛門は倫子や彰子に仕えた女房なので、この物語も彰子や道長の周辺で作られたと考えられるが、ここで一条天皇が敦康親王に同情していることが書かれるのも、ある意味、その帰趨が決した後の勝者の余裕というところであった。

ただし、第一皇子敦康親王自身が利発であり、天皇が将来の帝位を模索していたことは客観的な事実であった。天皇の側近で秘書室長というべき立場にあった藤原行成の漢文日記『権記』には天皇が崩御直前まで、敦康親王が東宮になる可能性を探っていたことが書かれている。その相談を受けた行成は、敦康親王には有力な外戚がいないから無理だという、つれない返事を天皇にしていた（寛弘八年〈一〇一一〉五月二十七日の条）。一条天皇崩御後、彰子が実子を差し置いて、敦康親王を東宮にするように道長に進言するのも（『栄花物語』いはかげ巻）、彰子のすぐれた人間性のためのみならず一条天皇の遺志を踏まえたためだろう。

また敦康親王を長く彰子が養育していたこともあり、敦康親王と道長家の人々との繋がりも生まれていた。特に敦康親王の妻は、あの具平親王の娘で、頼通の妻隆姫の妹であり、妻同士が姉妹である敦康親王と頼通は、七歳の年の差があったが、大変親しかった。敦康親王の娘、嫄子《げんし》を頼通と隆姫は親王亡き後、養女にして、後朱雀天皇の中宮とした（結局、二人の皇女しか生まれず、敦康親王の血を皇統譜に残すことはできなかった。ちなみに姉宮の祐《ゆう》子《し》内親王に仕えたのが『更級日記』作者の菅原孝標女である）。彰子が父道長との関係が悪化するまで、敦康親王が東宮になるよう訴えたのも、一条天皇への思いだけではなく、道長の子ども達に敦康親王個人に対する強い愛情と思い入れがあったためではないだろうか。

一方で『紫式部日記』は、彰子の出産という現場に立ち会った女房のドキュメンタリーである。天皇の内面に立ち至るのはそれこそ不敬であるし、天皇の姿を細かく描写することもなかった。紫式部の眼がとらえたのが輿を担ぐ駕輿丁であったことが象徴的なように。

土御門邸にいない敦康親王に当然触れることもない。『栄花物語』と比較することで、『紫式部日記』の特質もまた見えてくるのである。

行幸の翌日に、敦成親王付きの家司や別当・侍者などが決定して発表された。若宮をめぐる新たなポストである。そこで紫式部は、

そのことを前もって聞いていなくて、残念に思うことが多かった。

と記している。先にも述べたように、このような人事に宮仕え女房が親族などを推挙することがよく行われていて実際に有効だったらしい。紫式部はその機会を逸したことを無念この上なく思っている。紫式部は憂いに沈んでばかりいて、宮廷生活に馴染めていないように見えるが、このような現実的な部分があったこともしっかり見ておく必要がある。

年末の夜に宮中に追いはぎが入るという事件があった。このことも『日記』は書き記している。中宮付きの男性の従者達は皆退出していて女房達が混乱状況にある中、紫式部は弟の惟規を呼ぶように恥を忘れて下仕えの老女に直接頼んでいる。ここで惟規が颯爽と登場し、事後処理をすれば、ちょっとしたヒーローである。少し頼りない弟に活躍の場を与えようとしたと考えられるが、折悪しく惟規も退出してしまっていた。宮中での憂いの記

五十日の夜の宴会で、諸卿が乱れた場面（ColBase〈https://colbase.nich.go.jp/〉）

述にばかり気をとられると、紫式部の実像を見誤るかもしれない。俗事に関わることを忌避する、高踏な知識人である紫式部像ばかりを想定するとしたら、それは一面的ではないだろうか。

五十日の祝宴

続いて、十一月一日に行われた五十日の祝いの夜宴の記述を見ていく。この時代、誕生後、五十日目、百日目にも盛大なお祝いをした。すっかり酔いがまわった公卿達の様子が印象的に描かれている。この宴席には宰相の君、小少将の君、宮の内侍をはじめ女房達も侍していた。そこに道長に続く臣下ナンバー2というべき、右大臣藤原顕光が近づいてゆく。

右大臣顕光さまが寄っていらして、御几帳の垂絹の開いた所を引きちぎって酔い乱れなさる。いい年をして、とみながつきあっているのも知らずに、女房の扇をとりあげ、聞きづらい冗談などもいろいろおっしゃる。

現代ならば、ハラスメントが複合的に絡み合っているような振る舞いである。几帳の陰にいる女房達に近づき、几帳の垂衣を破壊するなど酒乱の趣さえある。さらに女房が顔を隠した扇を取り上げて、おそらくは性的な冗談を発しているのだろう。顕光は当年六十七歳。老耄《ろうもう》の進行が速かったのか、同時代には無能という評価があった。紫式部の筆はあけすけにこのナンバー2の振る舞いを記す。顕光は娘元子を一条天皇の女御として入内させていた。酒宴に侍した宮仕え女房には、このようなあからさまな仕打ちを受ける危険性があった。もちろん女房達もお互いつっつきあって、この困った老人を笑うしたたかさがあるのだが。

次に、この場をとりなそうとやってきたのが中宮職という中宮付きの役所の長官で、才人として知られた藤原斉信である。

中宮の大夫斉信さまが杯を持って、右大臣のところへおいでになった。催馬楽《さいばら》の「美濃山」を謡ったりして、管絃のお遊びも、ほんの形ばかりだが、たいへんおもしろい。

杯をもって「さあ、一献」と、できあがった顕光の許へやってくる。注意を女房から逸らせようというのだろう。今でも飲み屋でありそうな光景だ。流行歌である催馬楽「美濃山」を謡って場を和ませる。藤原斉信は清少納言が大好きな人だったが、こういう行動をさりげなくとれるところが女性からもてた理由かもしれない。

そのつぎの間の東の柱下に、右大将実資さまが寄りかかって、女房達の衣装の裾や袖口の襲《かさね》の色を観察していらっしゃるご様子は、ほかの人とは格段に違っている。私はみなが酔い乱れて何もわからないのに気を許して、また私が誰だか知られるはずもあるまいなどと思って、右大将にちょっとした言葉なども話しかけてみたところ、ひどく今風に気取っている人よりも、一段とご立派でいらっしゃるようであった。祝杯の順がまわってきて即興の賀歌を詠進するのを、右大将は恐れておられたけれど、例の言い古された千年万代のお祝い歌ですませた。

当代きっての有職故実の大家で、『小右記』という漢文日記を残したことでも知られる右大将藤原実資に筆が移る。先述したように、のちに紫式部は実資が皇太后彰子に言上することがある折には仲介役を務めることになった。ここでは、まだそれほど親しくはないようで、この五十日の夜をきっかけに親しくなった可能性がある。実資は、女房の襲の装束の裾や袖口からのぞく衣の枚数を数えている。有職故実の大家らしい振る舞いである。この時代、過差（ぜいたく）を戒める風潮が強かったので女房の襲を数えることで、道長家の豪奢をチェックしていたという見方もある。紫式部は実資に好感触を抱いたようで、酔っぱらっていて、誰かはわかるまいと思って話しかけたという。気取った貴公子ぶった人より、よほど立派だったと記す。杯がまわってくると歌を詠むという例の余興も、実資は嫌がっていたが、お定まりの歌でごまかしたと記している。

さて続いて、公任が紫式部に「恐れ入りますが、このあたりに若紫さんは控えていますか」と声をかける場面となる。『紫式部日記』の中でも清少納言評と並んで有名な記述であるが、次の章で取り扱うこととしたい。次に、内大臣藤原公季と侍従の宰相実成《さねなり》の親子が描写される。

「実成よ、杯を受けなさい」と道長さまがおっしゃるので、侍従の宰相実成さまは立って、父の内大臣公季さまがそこにおられるので、敬って前を通らず、南の階下から道長さまの御前に出たのを見て、公季さまは酔い泣きなさる。

道長が実成に杯をとらせようとする。その際に、実成が父親の公季をはばかって、下座を通って、道長の御前に出たのを見て、父の公季が酔って感涙にむせんだというのである。何のことはないような場面であるが、公季にすれば、道長の杯を受ける際にも、自分を忘れず立てる息子の心がけが嬉しいのだろう。公季も娘義子を一条天皇の女御としていた。あの女房達に絡んでいた顕光も娘元子を一条天皇の女御としていた。顕光も公季も娘を帝の后にしていたのである。しかし二人の后は彰子中宮より先に子を生むことはできなかった。顕光の娘・元子は長徳四年（九九八）、一条天皇の子を懐妊したかと思われたが、生んだのは子ならぬ水であったという悲劇が伝わる。顕光の落胆は言うまでもない。父である顕光も公季も敗者であり、道長の娘彰子が生んだ皇子の祝いに参列するのは複雑な思いが去来したことだろう。ここで公季が泣いているのは、敗者である自分にも礼を尽くす子の心根に対してではないか。

酒によって、それぞれの現れ方は違うが、鬱屈した思いが表に現れた。片や女房への酒乱的な言行として、片や息子の気遣いへの感涙として。そのような深読みを誘発させる書き方なのである。

次に、権中納言藤原隆家の姿を描き出している。

権中納言隆家さまは、隅の間の柱の下に近寄って、兵部のおもとの袖を無理に引っぱって、聞きにくい冗談などを口にしておられるが、道長さまは何もおっしゃらない。

藤原隆家は伊周の弟で、皇后定子の弟でもある。兄とは異なり、豪放な人となりで知られる。隆家も兵部のおもとという女房の袖を引っ張って、聞きにくい冗談を言う。これも性的な内容であろうか。隆家は敦康親王の叔父であり、この敦成親王の誕生で、大きな痛手を受けた人物であると少なくとも周囲は思っていただろう。したがって、ここでの隆家の言動も鬱屈した内面の現れのように読めてくるのである。そして、それに対して、道長は特に何も言わなかったという。ここは原文に「殿のたまはす」とあり「殿のたまはず」と「す」に濁点をつけるかどうかで本文の読みが異なる。ここは後者で解釈し、広い度量で、隆家を好きにさせているのであり、そのことでガス抜きを行う政治家道長の姿を見ることができるという読みに従いたい。

以上、当時のトップクラスの男性貴族達が酔い乱れた様子がその人となりや政治的な鬱屈をも想起させる形で活写されている。『源氏物語』は恋の物語ではあるが、貴族間やその家をめぐる権力闘争も背後にしっかりと記されている。そのことをあらためて感じさせる、男性貴族の切り取り方であり描き方である。

さて男性貴族達の酩酊ぶりから、紫式部は恐怖を感じ、宰相の君と言い合わせて隠れようとするが、道長に発見されてしまう。道長は「和歌を一首ずつ詠め。そうしたら許すよ」とおっしゃる。紫式部は、

いかにいかがかぞへやるべき八千歳のあまり久しき君が御代をば
(いったいどうやって数え上げたらよいのでしょうか。あまりにも久しい若宮の御代を)

と詠んだ。道長は「ああ、うまく詠んだね」と二度ほど声に出して歌われて、即座におっしゃった歌は、次のようなものだった。

あしたづのよはひしあれば君が代の千歳の数もかぞへとりてむ
（千年の寿命を持つという鶴の年齢を私が持てるならば、若宮の千年の御代を数えとることもできるでしょうよ）

当初、「和歌一首ずつ」と言っていたように道長は宰相の君にも歌を求めていたようだが、紫式部の歌で満足した形である。紫式部の歌に自ら唱和することがこの場を一番盛り上げることになると道長は判断したのだろう。『紫式部日記』の中で女房（小少将の君と大納言の君）を除いて、和歌の贈答を行っているのは道長だけであり、その贈答も四回に及ぶ。この作品の中で道長が特権的な位置を占めていることがわかる。

道長のいつまでも若宮を支えたいという歌を受けて、紫式部は、お気持ちはもっともであり、道長が支えているから、敦成皇子の将来の栄光は勝る一方であると記して、言祝《ことほ》いでいる。

道長による、自画自賛のようなことばが続く。

「中宮さま、お聞きですか。我ながらうまく詠みました」と自分で自分をおほめになって、「宮の父としてわたしは悪くないし、わたしの娘として中宮さまも悪くないところです。母上もまた幸福だと思って、笑っていらっしゃるようですよ。すばらしい夫を持ったと思っているようです」と戯れ申し上げるのも、この上ない酔いのまぎれのためなのだと見る。特にこれ以上わたしのほうに何かおっしゃってくることもないので、落ち着かない思いはしながら、すばらしい道長さまのご様子だとお聞きしている。北の方の倫子さまは聞きづらいとお思いなのか、別の場所へおいでになるご様子なので、「お送りしないで母がお恨みになるといけないな」と言って、急いで御帳台の中をお通りになる。「中宮さまは無作法とお思いだろう。親がいるからこそ子ども立派になったのだ」とつぶやいていらっしゃるのを女房達はお笑い申し上げている。

ここで道長は、まず娘の彰子に向かって、自分の詠んだ歌を自画自賛する。そして、続く「宮の父としてわたしは悪くないし、わたしの娘として中宮さまも悪くないところです。母上もまた幸福だと思って、笑っていらっしゃるようですよ。すばらしい夫を持ったと思っているようです」ということばは、道長と妻倫子との夫婦関係、娘彰子との父娘の関係をクローズアップする。実のところ、彼女達の力があってはじめて、道長の栄華が成し遂げられたのは、すでに本書でも述べてきたところである。道長は自分のお陰で彼女達に幸せが舞い込んだと言っているが、この道長のおどけた強弁は、道長自身も妻と娘の支えを誰よりも承知していたということではないか。このように強がるように言って、道長は倫子や彰子に甘えているのだろう。

ところで、紫式部＝道長召人説と絡めて、紫式部と道長が和歌を贈答するのを目の当りにした不快感で、倫子は席を立ったとする見方がある。面白い見方であるが、倫子には道長のことばに対して、実際はまったくの逆で、支えているのは自分のほうだという自負があり、それがこの場からの退出に繋がったとする見方に賛同したい。道長も重々、そのことがわかっているから、退出した倫子を追いかけた。女房達もその機微がわかるから、笑っているのではないだろうか。

そして、このような道長と女性の家族とのやりとりが記される時、その前に書かれていた、五十日の祝いで酩酊していた顕光や公季らの姿がまた違った意味を持って立ち現れてくるのではないか。同じ一条天皇の許に娘を輿入れさせながら、彼らの娘は皇子を生むことはできなかった。皇子を生むような娘を彼らの妻は生むことができなかった。この事実を敗者の酩酊ぶりは物語っていたのではないだろうか。

勝ち組である道長とそれを支えた娘と妻の姿を書き留めて、五十日の記述は終わっている。紫式部のまなざしは、辛らつに、したたかに女性達に命運を左右されている堂上の男性貴族達の姿を抉り出していたのである。

『紫式部日記』は五十日の祝いの後、『源氏物語』の豪華な写本を作成する場面などを記すが、これも次の章で扱うことにする。

乗車をめぐるトラブル

十一月十七日。中宮彰子が土御門殿から、いよいよ一条院内裏に戻る日が来た。中宮は輿に、以下、倫子や若宮を抱いた乳母、女房達は、牛車に乗って一条院内裏に向かう。

中宮さまの輿には、宮の宣旨が中宮さまとともに乗る。次に糸毛の御車に、倫子さまと、少輔の乳母が若宮をお抱き申し上げて乗る。大納言の君と宰相の君が黄金造りの車に乗る。次の車に、小少将の君と宮の内侍が乗る。

ここに登場する女房達はいずれも上臈の女房達である。この乗車順が女房の序列に等しいことは容易に推察できよう。そして、次の車に、馬の中将という女房と紫式部が乗った時に、トラブルが起きた。

つぎに、馬の中将と私が乗ったところ、よくない人と乗ったと思っていた様子なのは、まあもったいぶってと、たいそうこのような宮仕えが煩わしく思われたことだったよ。

馬の中将と同車したところ、この女房があからさまに、良くない人と乗ったという反応を示したというのである。この不快感には、馬の中将が紫式部にあまり良い印象を持っていなかった可能性もあるが、この乗車順が女房の序列に関わるものであったことを思えば、紫式部と同じような位置づけに馬の中将が納得できなかったと見るべきだろう。馬の中将は左馬頭藤原相尹《すけまさ》の娘で、道長の妻高松殿明子の姪であった。明子の姪であることが、馬の中将の気位の高さに繋がっていたのかもしれない。この馬の中将の不快感は、いかに紫式部が実際の出自以上の立場に置かれ、主家から厚遇を得ていたかを物語るものであろう。「ちょっと『源氏物語』が評判だからって、わたくしと同じ車に乗るなんて、どういうおつもり?」馬の中将の心の中を探ってみれば、そういったところではないだろうか。

内裏に着いて、車を降りる。

月が隈なく照らしていて、きまりが悪いこと、この上なく、足も地につかない気持ちだ。馬の中将の君を先に立てたところ、どこへ行くのかわからないような様子で、その姿を見ると、私を後ろから見る人が私の姿を見るとどう思うか、恥ずかしく思い知られるのだった。

そんなに自分が上だというなら、先を歩きなさいな、と馬の中将を前に立てて歩くと、なんとも不安げな格好悪い様子だ、と紫式部は書く。でも私の後ろを歩く人も私をみっともないと思っていたかもしれない、と思う。さりげなく馬の中将に筆誅を加えているのが面白い。

宮仕えという場は何よりも身分が重んじられ、また序列が重んじられる場であった。そもそも官職や官位に血道を上げていたのが、貴族社会である。女房達の世界もその縮図であり、紫式部が主家から厚遇されればされるほど、その軋轢は強まったことであろう。内裏に着いて、紫式部は細殿の北から三番目の戸口付近にある自分の局に引きこもって臥していたところ、そこに親友の小少将の君がやってくる。こういう宮仕え生活の辛さを語りあったというのだから、話題は馬の中将とのトラブルだったのだろう。寒さで冷え切った装束を脱いで隅へ押しやり、厚ぼったい綿入りの着物を重ね着して、香炉に火を入れて、身体がすっかり冷え切った者どうしで、何とも冴えない様子を愚痴っていると、そこに侍従の宰相・藤原実成、左の宰相の中将・源経房、右近中将・藤原公信《きんのぶ》などが次々にやってくる。今宵はいない者と思われて、過ごしたいと思っていたのに、誰かから聞いてきたのだろうと紫式部は記している。彼らはおそらく紫式部が遭遇したトラブルを聞いてお見舞いに来たのである。いずれも前途有望な貴公子達で、暗に貴公子達から心配される自分を示そうとしていると読むこともできるだろう。しかし早々に彼らは「また明日の朝早く参りましょう。今宵は寒さが耐え難く、身もすくむようです」などと取り繕っては、こちらの詰所の門から出て行く。その後ろ姿に向けて、紫式部は次のように書いている。

いったいどれほどの女性が家で待っているというのだろうかと思い送られる。我が身に寄せてではない。世間一般の男女の関係について、小少将の君がたいそう上品で美しいご様子で、世を辛いものとすっかり思い詰めていらっしゃるのを見ているから言っているのだ。父君のことから始まって、お人柄に比べて、幸せに格段に恵まれていないようなのだ。

自宅へ帰って行く男性貴族達に向けて「いったいどれほどの女性が家で待っているというのだろうかと思い送られる」と投げかけることばには毒気がある。どうせロクな奥さんが待っているわけではないでしょう、と言わんばかりだ。ここでのことばは、完全に宮仕え女房の立場から、家で夫を待っている妻達に痛烈な刃を向けているのである。第二章で『枕草子』の記述から触れたように、この時代、宮仕え女房と家にいる女性を対立的に見る見方が根強くあった。宮仕えの憂いを記していた紫式部だが、それとは裏腹に宮仕え女房に同化し、家で夫の帰りを待つ妻達へ敵意すらうかがえる記述を行っている。完全に女房となっていて、家にいる妻の立場からすると、夫に絶対近づいてほしくない、危険な女性になっているように見える。

続けて、言い訳のように、「これは自分のために言っているのではない。この上なく上品で美しい小少将の君が男性関係や父〈父親の源時通の永延元年〈九八七〉の出家のことを指すと言われる〉のことなど、幸薄い状況にあるために言っているのだ」と紫式部は書く。小少将の君ほど、すばらしい女性が宮中にいるのに、家に帰っていく男達は愚かだと言っているのである。ここで小少将の君のはかなげな様子がクローズアップされ、世を辛いものと憂えているさまが記されている。

華やかな宮中に仕える女房には、紫式部も遭遇したような、さまざまな軋轢があり現実的な苦悩があった。特に紫式部の場合、選ばれた者の苦悩というか、より軋轢が生じる立場にあったのである。もちろん鋭い観察眼や感受性がこのような軋轢をより敏感に感じさせたのだろう。そして、こうした苦しみを同僚女房との交流によって癒しながら、主人達のあたたかな心遣いのもと、華やかな宮仕えの場に立ち向かう様相がこの『日記』には記されているのだろう。

三才女批評

ここまで『紫式部日記』を、順を追ってみてきた。飛ばし飛ばしに説明してきたが、およそまだ全体の半分くらいである。内裏に戻った後も、五節の舞姫、童女御覧など興味深い記事が続く。さらに、ライバル後宮である女御義子付きの元女房・左京の君へのいたずらや年末の感慨を記した記述がある。前者は紫式部がほかのサロンの女房へのいたずらに積極的に加担していることを記し、また後者は宮仕えに慣れつつある自分を顧みている（後者に続いて宮中に追いはぎが入った記述がある）。紫式部が心身ともに中宮彰子付き女房の一員となっていたことが確認される。

翌年寛弘六年（一〇〇九）正月の若宮の戴餅《いただきもちい》の儀式やそこに参列する女房達の晴れ着の様子を記した後、この『日記』は文体が変わり、内容も人物批評的なもの、女房サロンを批評したもの、女房としての処世論的なものなど多岐にわたるようになる。これまでの行事記録ではなく、批評性が前面に押し出された形である。ただし、そこで書かれているのは、女房としての在り方、生き方であり、そのような種子はその前の宮廷記録の部分にも蒔かれていた。接続も自然であることから、この批評部分は消息的部分と言われ、消息文（手紙文）の文体になぞらえて、記録から離れ、批評を展開した部分と考えられることが多い。確かに『源氏物語』でも、例えば帚木巻や竹河巻のように語り手が交代して、それぞれの立場から物語を語る技法が存在している。その技法の援用と考えることができるだろう。ただし、いわゆる消息的部分の後で、道長との贈答歌、年時不詳の十一日の暁の仏事の記録、寛弘七年の宮廷記録などが続くことから、この消息的部分も別途、娘賢子のために書かれた手紙（消息文）が第三者によって合綴されたのではないかという見方もある。現存の『紫式部日記』のバランスの悪さについてはさまざま議論があり、手元に残っていた主家献上本の草稿を元に、娘賢子を読者に消息的部分などを加筆して段階成立した私家本が現存本であるとする見解もある。

消息的部分に書かれている内容も、まことに興味深く、当時風雅で知られた大斎院（五代の帝にわたって斎院を務めた選子《せんし》女王）付きの女房・中将の君（弟惟規の恋人とされる）の手紙に反論した箇所など、中宮彰子付き女房集団の業務改善報告書にもなっている。娘賢子が将来女房として出仕する際に、有益な内容を含んでいることは確かだが、上役か同僚女房に向けて書かれたと考えたほうが妥当な内容ではないだろうか。彰子付き女房は上臈女房が多いために、消極的な雰囲気があり、大斎院のサロンの下に置かれている風潮があるが、今後もっと積極的に女房としての業務にあたるべきだと主張している。紫式部が中宮彰子付き女房の中で実務面でも物が言える立場にあったことをうかがわせる。

ここでは、この消息的部分から有名な和泉式部・赤染衛門・清少納言を批評した、いわゆる三才女批評の部分を採り上げる。この三人は同時代を代表する女房で、現代風に言えばスター的な存在だったと思われる。そしてこの三人を同じく『源氏物語』の作者として著名な紫式部が論評することには一定以上の需要があったと思われる。そのような読者の眼を意識して、三才女批評は書かれているのではないだろうか。あわせて、このような批評が求められるほどに、女房は貴族社会の中で着実にその存在感を増していたのである。

まず和泉式部を批評した箇所である。

和泉式部という人は実に趣深く手紙をやりとりしたものです。しかし和泉には感心しない面があります。気軽に手紙を走り書きした場合、その方面の才能のある人で、ちょっとした言葉にも色艶が見えるようです。和歌はたいそう魅力的なものですよ。でも古歌の知識や歌の理論などは、本当の歌詠みというふうではないようですが、口にまかせて詠んだ歌などに必ず興趣ある一点の目にとまるものが詠みそえてあります。それほどの歌を詠む人でも、他人の詠んだ歌を非難したり批評したりしているのは、さあ、実際のところ、それほど和歌に精通してはいないようです。口をついてしぜんにすらすらと歌が詠み出されるらしい、と思われるような人なのですね。こちらがきまりが悪くなるほどのすばらしい歌人とは思われません。

どうだろうか。結構辛口な部分もある。面白いのは、和泉式部には感心しないところがある、と言っていること。これは和泉式部の奔放な異性関係を指すと見るのが定説である。和泉式部は恋多き女性として知られた。特に本書第二章でも触れた、『和泉式部日記』に記されている敦道親王との恋愛は、北の方が退去したこととあいまって、スキャンダラスな話題となっていたようである。『紫式部日記』の消息的部分の執筆を寛弘七年（一〇一〇）夏ごろという説に従えば、和泉式部が帥宮邸に引き取られたのが寛弘元年（一〇〇四）、帥宮が亡くなったのが寛弘四年（一〇〇七）なので、そう遠い昔のことではなかった。さらに寛弘六年ごろには、和泉式部は中宮彰子の許に出仕していたので、紫式部は和泉式部と直接、同僚女房として相対していたことになる。道長が娘の許に出仕してきた和泉式部を「浮かれ女」とからかっているのも、当時周囲が抱いていたイメージを伝えるものであろう。年齢的にも年下で（推測になるが紫式部が五歳ほど年長）、後輩女房にもあたる気安さが「和泉はけしからぬかたこそあれ」（原文）という表現に繋がったのであろう。なお、冒頭に趣深く手紙のやりとりをした人だとあることから、紫式部と和泉式部との間に文通があったとも見られ興味深いが、他者との文通を伝聞で書いている可能性も否定できない。

先ほど辛口と言ったが、評価すべきところはきちんと評価している。特に自然に口をついて、優れた歌が詠まれるという、天性の歌才がしっかり言い当てられているのは、紫式部の批評眼の確かなところであろう。さりげなく詠んだ歌でも、その一節に、必ず目に留まる興趣があるというのは、和泉式部の和歌の本質を抉り、最高のほめことばになっている。ただ和歌の理論（良い歌を詠むための方法論）には精通しておらず、古歌の知識に乏しく、他者の和歌を批評するほど和歌を心得ているわけではないとも述べている。学者肌で、まず頭から入るタイプの紫式部にすれば、和泉式部の天稟の才能に舌を巻きながらも、和歌の理論や知識に対するこだわりがあったのだろう。理論や知識にこだわれば、それは保守的な和歌観に縛られることになり、これが次に挙げる赤染衛門を評価することにも繫がっている。

紫式部の批評は是々非々である。ほめたり、けなしたり、が交互に来て、最後は「こちらがきまりが悪くなるほどのすばらしい歌人とは思われません」ということばで終わっている。最後は、けなし、で終わる。感覚派と学究派の違いが見て取れて面白い。

続いて、赤染衛門評である。

丹波の守の北の方である赤染衛門を、中宮さまや道長さまなどのあたりでは匡衡衛門《まさひらえもん》といっています。歌は格別にすぐれているというほどではありませんが、実に風格があって、歌人だからといって何事につけても歌を詠みちらすことはしませんが、世に知られている歌はみな、ちょっとした折の歌でも、それこそこちらが恥ずかしくなるような詠みぶりです。それにつけても、どうかすると上の句と下の句が離れてしまいそうな腰折れがかった歌を詠み出して、何ともいえぬ気取ったことをしてまでも、自分こそ上手な歌詠みだと得意になっている人は、憎らしくもまた気の毒にも思われるというものです。

赤染衛門は紫式部よりも二十歳近く年長で、倫子・彰子へ仕えた先輩女房であった。『栄花物語』の巻三十までの作者と考えられている。『紫式部日記』の若宮誕生関連の記述を引用する形で、歴史物語の『栄花物語』はつ花巻を執筆した（『紫式部日記』が執筆されてから、およそ二十年後のことである。赤染衛門は八十歳を超える長命だった）。

ここでも赤染衛門の和歌が批評の対象となっている。特に優れた歌人とは言えないが、歌を詠みちらさない、抑制的な姿勢が評価でき、世に知られている歌はいずれもこちらが恥ずかしくなるほどの歌人だという。和泉式部と対比して、赤染衛門を評価しているのである。後半に上の句と下の句がうまく続かない歌を詠むような歌人を赤染衛門と対照的な存在として批判的に記しているので、赤染衛門は歌のルールに則った詠み手として評価されているのだろう。もちろん先輩女房なので批判しにくかったかもしれないが、赤染衛門は屏風歌など、伝統的な歌に秀でていたので、学究肌の紫式部は評価したのだろう。

その一方で、紫式部は冒頭、赤染衛門を「丹波の守の北の方をば、宮、殿などのわたりには、匡衡衛門とぞいひはべる」（原文）と記している。赤染衛門は優れた学者でもあった大江匡衡の妻であった。それにしても、この匡衡衛門は夫の名前に女房名を合わせたものであり、中宮や道長周辺の女房達の間で流通していたあだ名の類であろう。あえてこのようなあだ名で書いているのは気になるところである。赤染衛門は賢婦人で知られ、仲睦まじい夫婦関係が伝わる。しかし、それが匡衡衛門というあだ名にそのまま繋がるだろうか。少し毒気が感じられる。本書でも触れたように、女房は除目などの人事異動に際して自分の縁者を高貴な人々に推挙することがあった。赤染衛門は人事異動に際して、夫匡衡をよろしくと道長や倫子・彰子などに頼んでまわっていたのではないだろうか。選挙前の候補者の応援のように、匡衡の名を連呼したのではないか。それゆえの匡衡衛門というあだ名だとすると、この名を記し留めたのには、和泉式部に向けられたのとはまた違った、揶揄の思いが感じられるだろう。ほめていたとしても、なかなか一筋縄ではいかないのだ。

いよいよ清少納言評が来る。

清少納言は実に得意そうな顔をした、とんでもない人です。あれほど利口ぶって漢字を書きちらしております程度も、よく見ればまだたいそう足りない点が多々あります。このように人より特別に勝ろうと思い、またそのように振る舞いたがる人は、後には見劣りし、ゆくゆくは悪くばかりなってゆくものですから、いつも風流ぶっていてそれが身についてしまった人は、まったく寂しくつまらないときでも、しみじみと感動しているように振る舞い、興趣あることも見逃さないようにしているうちに、しぜんとよくない浮薄な態度にもなるのでしょう。そういう浮薄なたちになってしまった人の成れの果てが、どうしてよいことがありましょうか。

冒頭から「清少納言こそ、したり顔にいみじうはべりける人」（原文）と全面的にその人間性が否定されている。和泉式部や赤染衛門に対しては、その人間性に関わる部分は揶揄する程度であったのに対して、清少納言に対しては完膚なきまでの非難であり、喩えてみれば、いきなり刀を抜いてきた感がある。そして、この清少納言評では、和泉式部評と赤染衛門評と違って、和歌が対象となっていないことに注意したい。ここで非難されているのは漢字を書きちらしているということである。赤染衛門評で和歌を詠みちらさないことが称賛されていたが、ここでは和歌ならぬ漢字に変換されている。『枕草子』には漢籍の教養を元に男性貴族達と丁々発止と渡り合う清少納言の姿が書かれていた。そのことを明らかに紫式部は意識していよう。この清少納言評は『枕草子』評にもなっているのである。そして、その漢籍の教養は子細に見ると、まだまだ足りないことが多いと言っている。ここは紫式部の、自身の漢籍の教養に対する強い自負が感じられるところである。著名な漢学者藤原為時の娘であることがその自負の元になっていたことは容易に推定できる（清少納言も著名な歌人である清原元輔の娘であった）。『紫式部日記』の消息的部分に、父為時をして、この娘が男だったらと嘆かせたエピソードが記されたのもこの自負と関わるだろう。同じ消息的部分には、中宮彰子の希望で、人目を避けて白居易の『新楽府』を進講していたことも書かれている。ここにも中宮に進講できるほどの漢籍の教養が示されているのであり、紫式部のこだわりが見える。

紫式部が彰子後宮の女房として出仕を要請されたのは、清少納言のような役割が期待されたためだとする仮説は説得力がある。そうだとすると、紫式部が清少納言のことを意識したのは必然だったろう。さらに『源氏物語』を読めばわかるように、この物語には多くの漢籍引用がなされている。出仕前の紫式部に対して、高慢な人物像が想像されていたようだが、漢籍の教養がある女房ということでは、その先駆けとして清少納言の存在があった。紫式部の出仕時に、清少納言はすでに宮中から離れていたようだが、人々が漢籍の教養という点からも清少納言と紫式部とを重ねて見ていた可能性は高い。それゆえに、紫式部は殊更に、清少納言を漢籍という観点から否定するのだろう。この清少納言評は自らのアイデンティティの確立にも繫がっていたのではないか。

逆に言えば、それだけ清少納言の存在は大きかった。彰子後宮は上臈の女房が多いことから、お姫様気質が抜けず、消極的という評判があった。消息的部分には中宮大夫藤原斉信が中宮に取次を求めようとしても、上臈の女房は恥ずかしがって引っ込んでいて、心得のない身分が低い女房が出ることになるという記述がある。斉信も身分が低い女房が応対することに、不快な思いを抱いているようだと紫式部は述べている。反対に、そのような消極的な雰囲気によって、かつて華やかで風雅で知られた定子後宮を懐かしむ声が男性貴族の間で高まったことが推定される。「昔、定子さまの許へ行くのは楽しかったよな」「ああ、清少納言という洒落っ気のある女房がいてね」「今はつまらなくなっちゃったよね」

「ちょっと声が大きいよ。道長さまの耳に入ったら大変だ」……。

　こんな会話が密かになされていたのではないだろうか。定子後宮の風雅の記録である『枕草子』の存在は、そのような思いをより駆り立てたことだろう。斉信が定子後宮に出入りし、華やかな機知で清少納言とやりとりをしていた様子は『枕草子』に描かれてもいた。

　それゆえに、清少納言と『枕草子』は否定されなければならなかったのだろう。『枕草子』は定子の兄弟の不祥事からの没落後も、そのような斜陽期であることを表に立てず、また定子後宮の明るい風雅を描き続けている。そこには書き手である清少納言による、定子を、定子後宮を輝かしいままに描こうという意志があろう。しかし、紫式部は清少納言評で、次のように書いている。「いつも風流ぶっていてそれが身についてしまった人は、まったく寂しくつまらないときでも、しみじみと感動しているように振る舞い、興趣あることも見逃さないようにしているうちに、しぜんとよくない浮薄な態度にもなるのでしょう」。

　これは風流ぶっている人に対する一般論のようにも見えるが、「まったく寂しくつまらないとき」というのは、定子後宮の没落時を暗示し、もはやそこには実体としての風雅はないのに、そこに風雅を見出している『枕草子』の姿勢そのものを否定しているのではないだろうか。

その姿勢を紫式部は浮薄すなわち原文で「あだ」という。「あだ」とは実質がない、というのが基本的な意味である。『枕草子』に書かれた内容は基本的に実質・実態を伴っていない、と紫式部は言っているように思われる。これは定子後宮の没落を書かないという点で、『枕草子』の本質をついているが、かなり意地の悪い物言いであろう。これは真に輝かしい栄華の中にいる彰子後宮の女房としての発言でもある。

紫式部は清少納言と会ったことはなかったと思われ、この執筆時点で、清少納言が宮中を退出してから、十年の歳月が流れていたが、なお清少納言の存在を意識せざるを得ない状況にあった（ちなみに、推定になるが、清少納言が紫式部より五〜十歳ほど年長）。

「そういう浮薄なたちになってしまった人の成れの果てが、どうしてよいことがありましょうか」という最後のことばは清少納言の不幸を祈る、呪詛のようにも響くが、それだけ紫式部は日ごろから清少納言を喉に刺さった魚の小骨のように感じていて、むきにならざるを得なかったのであろう。宮廷社会において、いまだ定子後宮の華やかな記憶が残る中、清少納言の存在の大きさと、さらに自らとの共通性をこの清少納言評は逆説的に伝えているのである。後世、清少納言と紫式部は、清紫と並び称されることになる。そのことを知ったら、泉下の紫式部はどのように思うのだろうか。

第四章　宮中で広まる『源氏物語』

『紫式部日記』中の『源氏物語』

『紫式部日記』は消息的部分という記録から逸脱した箇所を含むなど、全体の構成については、さまざまな議論がある。一方で、この作品は寛弘五年（一〇〇八）の敦成親王の誕生や産養を女房の立場から記し、主家の盛儀を、臨場感あふれる筆致で再現している。中宮の皇子出産という慶事を主家とそこに仕える女房達の共通の記憶として書きとどめていた。少なくとも寛弘五年の若宮関連の記述は、主家の要請のもとで書かれたと考えてよいだろう。そこでは、頼通や宰相の君を物語に登場する男君や物語絵に描かれる女君になぞらえて称賛したように、書き手の眼は物語作者の眼となって、主家の人々を描いていた。これは紫式部が物語ファンであるためではなく、物語の世界からの称賛が主家から求められていたためだろう。なぜ、お産のドキュメンタリーの執筆という重要な職務が自分に求められたのか。その意味を紫式部はよくわかっていたに相違ない。

それは何といっても『源氏物語』の高い評判にあった。これまで物語は、子女教育に一定の効果が期待されてはいたものの、基本的には徒然の慰めであり、文学としての地位は低かった。『源氏物語』の古典としての価値は、平安時代後期に大歌人の藤原俊成《としなり》が「源氏見ざる歌詠みは遺恨のことなり」（『源氏物語』を読んでいない歌人は残念極まりないことです）と言って和歌を詠むための必読の書と位置付けてから生まれたのだが、その文学的な価値は別にしても、この寛弘五年に、宮中では『源氏物語』をめぐる新たな動きが生まれつつあった。

まず前章で触れた『紫式部日記』五十日の祝いで、トップクラスの男性貴族が酔いしれている場面があったが、そこであえて触れなかった藤原公任が紫式部に近づいてくる場面に戻ろう。

左衛門の督《かみ》公任さまが、「恐れ入りますが、このあたりに若紫さんは控えていますか」と、中をおのぞきになる。「源氏の君に似ていそうなほどのお方もお見えにならないのに、ましてあの紫の上などがどうしてここにいらっしゃるものですか」と思い、私はそのおことばを聞きながら座ったままでいた。

藤原公任は五日の産養にも登場していた、この時代を代表する、マルチな才人であった。その公任が紫式部に向かって、『源氏物語』の登場人物の名前をもって、声をかけてきたというのである。公任は自ら光源氏を気取り、紫式部を若紫に擬した。公任が几帳の中をのぞいたのは、光源氏が北山で小柴垣越しに雀が逃げたと泣いている幼い若紫をのぞいた場面そのものを意識したパフォーマンスであったかもしれない。それに対して、紫式部は光源氏ほどの人はこの場にいないのに、どうして紫の上さまがここにいましょうかと思って座っていたと記している。

紫式部は表面的には無反応であったが、この公任からの声がけを名誉なことに思っただろう。公任は『源氏物語』を読んでいて、その作者に挨拶を送っているのである。公任が関心を持ち、光源氏のふりをするほど『源氏物語』は宮中で大きな話題になっていたのだろう。公任は具平親王家にも出入りしていたので、紫式部と以前から顔見知りであった可能性もある。

そもそも、この時代の物語の作者は匿名的な存在であり、特に『源氏物語』以前の物語は作者未詳なものばかりであった。『竹取物語』や『伊勢物語』、『大和物語』、『うつほ物語』など、いずれも作者未詳とされている。特に初期の物語は男性作者があくまでも余技として筆のすさびとして書いたと考えられている。物語の地位の低さも作者名が伝わらなかった要因であるし、また物語が基本的に過去の出来事を伝承したスタンスで書かれていることも作者の匿名性に拍車をかけたことであろう。そのような中で、公任が紫式部を若紫に喩えて声をかけたことは、事実上『源氏物語』の作者を紫式部に特定する、大きな出来事であったのだろう。

では、なぜ紫式部が無反応を貫いたかであるが、名誉の突出を常に警戒していた紫式部とすれば、ほかの女房達の標的になるような反応はできなかったと考えられる。そもそも、公任は紫式部を幼い紫の上、すなわち若紫に喩えていた。何らかの反応をしようにも、一歩間違えれば、道化のような振る舞いになってしまうだろう。公任の振る舞いに取り合わなかったことに、理想の光源氏を酒席の場で話題にされて、汚されたように感じたからだとするなどの考察があるが、この無反応こそが賢明な対応であり、周囲からも謙虚だと受け止められたのではないだろうか。

ところで、紫式部は藤式部が正式な女房名であったと考えられる。それがなぜ紫式部と呼ばれるようになったかだが、諸説あるものの、この公任が若紫に喩えた一件が契機になったと見るのが自然だろう（もちろん公任が声をかける以前から紫式部という通称が定着していたと考えることもできるが、そうだとすると、公任の振る舞いが、くどく、洗練度が失われているように見えはしまいか）。その名の定着には紫の上という魅力的なキャラクターを生んだ作者であったとともに、あの公任に喩えられたことが大きかったのだろう。それだけ公任の名声は高く、また男性貴族が物語の登場人物の名を口にすることは異例であったのだ。

西暦二〇〇八年は『源氏物語』千年紀の年として、京都を中心に『源氏物語』や紫式部を顕彰する、さまざまな催しがあった。その起点となったのが寛弘五年（一〇〇八）十一月一日のこの公任の言動である。当時、千年紀と連動して、十一月一日を古典の日にしようという運動が起こり、実際に二〇一二年に法制化された。『源氏物語』がいつ成立したのか、わからない状況で、宮中で『源氏物語』が広く読まれたことがわかる記述が注目されたのである。この記述は、『源氏物語』の宮中での流通だけではなく、紫式部という物語と関わる通称（あだ名）の誕生をも示している。繰り返しになるが、物語の作者は匿名的な存在であり、その作者が物語のキャラクターとともに喧伝されるのは異例であった。ただし、ここでの物語の作者は現代の小説家と本質的に異なっていることも声を大にして言わなくてはならない。紫式部は『源氏物語』の執筆で主家に奉仕していた。『源氏物語』は個人のものではなく主家の物語であった。紫式部という名は、紫の上になぞらえることで、その魅力的なキャラクターが登場する、主家の物語を書いた人という意味を持つだろう。紫式部という通称は、きっかけは公任のことばだろうが、『源氏物語』に従属する関係にあった紫式部の立場をよくあらわしているようである。

続いて『紫式部日記』は内裏に戻る前に、物語の御冊子、豪華な写本の制作を行ったことを記している。

中宮さまが内裏へ還御なさるべき日も近くなったけれど、女房達は、行事が続いてゆっくりする暇もないのに、中宮さまには、物語の御冊子本をおつくりになられるというので、私は夜が明けると真っ先に中宮さまの御前にさし向かい伺候して、色とりどりの紙を選びそろえて、それに物語のもとの本を添えては、あちらこちらに、書写を依頼する手紙を書きくばる。また一方では、書写したものを綴じ集めて整理するのを仕事にして日を送る。道長さまは、「どうしてお子持ちが、この冷たい時節にこんなことをなさるのか」と、中宮さまに申し上げなさるものの、上等の薄様の紙とか、筆、墨などを、持っておいでになり、はては硯までも持っておいでになったので、中宮さまがその硯を私にご下賜になったのを、道長さまは大げさに惜しみ騒いで、「いつも物の奥で向かいはべっているくせに、こんな硯を使うようなことをはじめるとは」とおとがめになる。けれども道長さまは、立派な墨挟みや墨や筆などを私にくださった。

ここで紫式部は中宮彰子と大掛かりな物語の写本の制作を行っている。原文に「明けたてば、まづ向かひさぶらひて」とあるように、早朝から、中宮と向かい合っている。この制作に、統括者の彰子と紫式部がツートップとして当たっているのである。この中宮彰子の重い関与は、この写本の制作が彰子後宮の公的事業になっていることを思わせる。さらに、紫式部の深い関わりは、この物語が『源氏物語』であることを示していると言ってよいだろう。そして、そのことは『源氏物語』がすでに紫式部個人の物語であることを超えて、中宮彰子の物語になっていたことをも示している。現代では、『源氏物語』は紫式部が書いた物語であるが、この時代には、中宮によって作られた物語でもあったのである。

二人の作業とはどのようなものだったか。それは豪華な写本制作に向けて、書写の依頼をする、具体的な作業であった。①選び整えられた、色とりどりの紙、②書写の元になる原本、③書写を依頼する手紙。この三点セットを準備して、それをあちこちの書写者に送ったという。書写者は土御門殿の外にいる能筆な人々だろう。また②は『源氏物語』の原本だと想定される。今で言う元原稿を、送った高級紙に清書して送り返してほしいということだ。依頼の手紙にはそのような内容が書かれていたのだろう。そして、次に、送り返されてきた、清書された紙を綴じ集め整理し、冊子にすることを仕事にしていた。紫式部にとって、余人をもって代えがたい仕事である。

続く道長のことばは冗談ではあるが、「どうして身体を冷やしてはいけない産婦がこのようなことをするのか」と言って、物語に対する彰子の強い情熱を裏付けている。そして、道長は上等な薄様の紙や筆、墨、硯などを中宮に差し上げた。道長も『源氏物語』の豪華本の制作を全面的にバックアップしているのである。彰子がその硯を紫式部に下賜され、それを知った道長は大げさに惜しんでみせて、さらに紫式部へも「かげでこそこそして、ちゃっかりやっている」と冗談を言うが、結局、道長は立派な墨ばさみや、墨、筆などを紫式部へ与えた。物語の作者として、紫式部がいかに重用されていたかがわかる記述である。

なお、この『源氏物語』の豪華な写本は、中宮が内裏に戻る前に制作されていることから、一条天皇のお土産にするのが目的だったのではないかと考えられている。道長の後見にも当然、力が入ったことであろう。

続く記述も『源氏物語』に関わる記述であろう。

　自分の部屋に、物語の原本を実家から取り寄せて隠しておいたのを、私が中宮さまの御前に伺候しているあいだに、道長さまがこっそり部屋においでになって、お探し出しになって、みんな東宮の尚侍である、中宮さまの妹妍子さまにさしあげておしまいになった。まずまずという程度に書き直しておいた本は、みな紛失してしまっていて、手直しをしていない本がみなの目に触れることになってしまい、きっと気がかりな評判をとったことだろうよ。

中宮の御前に伺候している間に、道長が紫式部の部屋を漁らせて、実家から取り寄せていた物語の草稿を二女である妍子の許へ勝手に渡してしまったというのである。随分と乱暴なやり方だが、それだけ『源氏物語』の需要があり、妹の妍子も読みたいと思っていたのだろう。姉が紫式部をお抱えにしていることへの妹側からの密かな対抗心があったかもしれない。紫式部は推敲が不十分なものが世に出ることを心配しているが、道長からすれば、この持ち出しは『源氏物語』が妍子のサロンから東宮の周辺でも読まれることに繋がる。道長が後宮文化政策として、この物語に大きな期待を寄せていたことがうかがわれる。道長によって強権的に持ち出されたように、この時点での『源氏物語』は個人の物語という枠を超えているのである。

ところで、大掛かりな御冊子本や、道長が持ち去った本は、それぞれ『源氏物語』のどの巻を含んでいたのかは残念ながら不明である。『源氏物語』の成立時期や成立順序を考える上で、このことの解明は重要なテーマであり、多くの先行研究が積み重ねられている。少なくとも藤裏葉巻までは完成していたと見たいが、本書では不明とするほかはない。

消息的部分に目を移すと、左衛門の内侍という天皇付きの女房が自分に対して陰口を言っているという記述がある。その陰口とは、左衛門の内侍が自分のことを「日本紀の御局」というあだ名をつけて言いふらしているということだった。そして、このあだ名は、一条天皇が『源氏物語』の朗読を聞いて述べた感想と関わっているというのである。

主上・一条天皇が『源氏物語』を人に読ませなさってお聞きになっていた時に、「この作者は日本書紀を講義するべきだね。本当に学識があるようだ」とおっしゃったのを、この内侍が当て推量に「とても学才があるんですって」と殿上人などに言いふらして、日本紀の御局とあだ名をつけたのです。まことにもってお笑い草です。自分の実家の侍女達の前でも漢籍を読むのをはばかっていますのに、こんな宮中で学才をひけらかしたりするものですか。

一条天皇が『源氏物語』を人（女房だろう）に朗読させたのを聞いて、この作者の紫式部という人は『日本書紀』を講義できるほどの学才がある人だ、という感想をもらしたという。『日本書紀』の講義を話題に持ち出しているのは、九世紀初頭から十世紀半ばにかけて六度、宮中で行われた「日本紀講筵」という『日本書紀』の大掛かりな、学者によるレクチャー（講義や研究会）を一条天皇は意識していたと考えられている。その講義を担当できるほどの学才が紫式部にあると言っているのである。

『源氏物語』蛍巻に光源氏が物語に夢中な玉鬘に向かって「日本書紀のような漢文で書か

れた正式な歴史書はただ一面的な記録にすぎないのです。物語のほうが道理にかなった、人の世の本当の姿が書かれています」と発言している箇所がある。その前半は原文に「日本紀などはただ片そばぞかし」とある。『紫式部日記』の一条天皇のことばは原文に「この人は日本紀をこそ読み給ふべけれ」とあり、一条天皇は蛍巻の当該箇所を聞いて、感想をもらした可能性が高い（一条天皇のことばを受けて、蛍巻が書かれたとすると、天皇に対して非礼であろう）。一条天皇のことばの真意はさまざまに探れそうだが、当時子女の娯楽と考えられていた物語にこそ人の世とそこに生きる人々の真の姿が描かれるという主張を、学問の対象である『日本書紀』と比較して述べていることに新鮮な驚きを感じ、その才知を称賛したのだろう。当然、この一条天皇のことばは紫式部にとって名誉なことだったはずだが、陰口への反論という形で書いている。確かに左衛門の内侍が命名した「日本紀の御局」というあだ名は大仰で、それだけに左衛門の内侍にも幾許か揶揄する思いがあったかもしれない。ここにも宮廷での生き辛さが表出されている。せっかくの帝のことばがちゃかされたように感じて反発したくなったのかもしれない。しかし、その反論は、『源氏物語』の内容を一条天皇が耳にして、その作者の才知に言及したという、この物語の享受の広がりと栄誉を記す結果になっている。むしろ紫式部はこの一条天皇の反応を記したくて、左衛門の内侍の陰口への反論を書いたと考えるほうが妥当ではないだろうか。紫式部は屛風に書かれた「一」という漢字すら読めないふりをしていたと記している。その用意周到な、自己韜晦の姿勢に、紫式部という人のしたたかさをこそ見るべきだろう。そして、そのしたたかさは、紫式部の女房としての有能さと、どこかで繫がっているのではないだろうか。

ところで、ここで一条天皇は女房による『源氏物語』の朗読を聞いている。物語はこのように物語の本文の朗読を聞き、さらに物語絵（昼寝する宰相の君が喩えられていた）を見ながら、鑑賞したといわれている。このような鑑賞の様子は『源氏物語』東屋巻で浮舟が物語絵を見ながら、女房の朗読を聞いている場面からもうかがわれる。この時代の3D的な鑑賞法であった。国宝「源氏物語絵巻」にも見事にこの場面が絵画化されている。ただ、このような鑑賞法だけが物語の鑑賞であったわけではない。『更級日記』の作者菅原孝標女は『源氏物語』全巻を入手した際に、几帳の中に伏して、ひたすら読み進めたという。物語の世界をより深く味わうためには、やはり聞くのではなく、読むことが必須だったのではないか。古典の原文、特に『源氏物語』は、表現の重なりや引用、対句表現など、細やかな彫琢が施されている。巻を越えての表現の対応関係も指摘されている。おのずから味読を求める箇所もあり、二つの鑑賞法が並行的に行われていたと考えるのが穏当だろう。

道長との関係

最後に『紫式部日記』に『源氏物語』が登場するのは、消息的部分、さらに十一日とある日の暁の記事の後に置かれた、道長との贈答歌においてである。

『源氏物語』が中宮さまの御前にあるのを道長さまがご覧になって、いつものご冗談などをおっしゃったついでに、梅の実の下に敷かれた紙にお書きになる。

すきものと名にし立てれば見る人の折らで過ぐるはあらじとぞ思ふ

（好色な者という評判が立っているそなただから、あなたと会った人はあなたを自分のものにせずに見過ごすことはあるまいと思うのです）

と道長さまはこんな歌をくださったので、

「人にまだ折られぬものをたれかこのすきものぞとは口ならしけむ

（私はまだ誰の者にもなっていませんのに私を好色な者と言いふらしたのはどなたでしょうか。道長さまではありませんか）

心外ですわ」と申し上げた。

ここで道長は中宮の御前にある『源氏物語』を見て、梅の実の下に置かれた紙に歌を書いたという。酸っぱい梅を妊婦が好むことから、この時点で中宮が身重であったと考えられている。寛弘六年（一〇〇九）十一月に生まれる敦良親王（後の後朱雀天皇）懐妊中のことか。それとも時間が遡行していて、寛弘五年（一〇〇八）九月に生まれた敦成親王（のちの後一条天皇）懐妊中のことか。時期は断定しがたいが、とにかく道長は、あなたは好色な人なのだから、あなたと関わった人はみな関係を持つでしょう、ときわどい冗談を飛ばしているのである。ちなみに「すき者」には梅との関連で「酸き者」が懸けられている。「すき」は風流という意味もあるが、ここは内容から好色である、多情であるという意味でよいだろう。「折る」は男女関係を遠回しに言う、この時代の常套表現である。それにしても紫式部には好色な人というイメージはまったくないので、これは『源氏物語』という恋物語の作者だから、あなたは好色なのでしょうという乱暴な決めつけである。だから冗談ということになるのだが、紫式部もこの道長の歌に対して、一歩も引いていない。私は誰のものにもなっていない、という詠みぶりは、もちろん夫も子どももいたわけだから、事実ではない。諧謔的な表現である。そして、好色だと言いふらしたのは、あなたさまでしょうと切り返している。さらに原文に「めざましう」、心外ですわ、と付け加えている。

ここでは公任、一条天皇に続いて、道長が『源氏物語』に言及し、和歌を詠んでいる。

女性のものであった物語に男性が関わっていく様相が見て取れる。中宮彰子や妍子、そして彰子の女房集団の『源氏物語』への熱狂の余波のように、男性貴族達も『源氏物語』へ積極的に言及していく。そこには限界もあって、道長の漢文日記『御堂関白記』も、また『源氏物語』を書写した本があったと伝わる（『紫明抄《しめいしょう》』、『原中最秘抄《げんちゅうさいひしょう》』など）、三蹟の一人藤原行成の漢文日記『権記』も、『源氏物語』について記していない。ここから物語が依然として漢文学や和歌に比べて一段低い存在であり、男性貴族はまともに取り合っていないと言うことができる。とはいえ、『紫式部日記』には、主家の慶事の随所に『源氏物語』が登場し、存在感を発揮している。そもそも後宮文化に関わる内容は、男性が行事や政務を記す漢文日記の記録にはそぐわなかったはずであり、漢文日記に記されないことを重く捉える必要はないかもしれない。紫式部は冒頭部から物語という視座から、頼通や宰相の君を称賛していた。『源氏物語』への言及は主家からむしろ望まれていると判断していただろう。紫式部の自己の物語への愛と熱量から、実際よりも割り増しして『源氏物語』が受け入れられたように書いたと考えることは可能だが、無理に割り引いて考える必要はないのではないか。

　また、ここでの紫式部の反論であるが、道長に歩調を合わせるように、諧謔的なものであるが、好色だと言っているのはあなたさまでしょう、と言い、また「心外ですわ」と強く反論している。

実は道長に対して、強い言い方をしているのは、ここだけではない。本書でも触れた、五十日の祝いの祝宴で、道長から宰相の君と和歌を求められたときに、「いとはしく恐ろしければ聞こゆ」（原文）とあるように、嫌で恐ろしいから歌を詠んだ、と言っている。もちろん自己の名誉を軽減しようという他者の眼を意識した記述ではあるが、「いとはしく恐ろしければ」という言い方はかなり思い切った、不快感の表明にも繋がりかねない表現である。同じ五十日の祝宴では、酩酊する道長に対して、「さわがしき心地はしながら」（原文）と落ち着かない心情を隠していない。そして、このような率直な心情表現は、ほかの男性貴族に対しては見られず、道長に対してのみなのである。

この『日記』には、道長に特別に遇されている紫式部の姿が記されていた。冒頭部早朝にわざわざ女郎花の花を持って紫式部の部屋にやってきて、和歌の贈答をする。息子頼通の結婚の相談を紫式部に持ち掛ける。御冊子本制作に際して、紫式部に立派な墨ばさみ、墨、筆などを下賜する。五十日の祝いで、当初は宰相の君にも歌を求めたが、紫式部の歌に満足して、自ら返歌をする……など紫式部が道長から特別扱いされているように見える箇所は少なくない。紫式部はその道長に対して、冷たい対応をしているわけで、このあたりは鎌倉時代初期に作られた物語評論である『無名草子』が紫式部を称賛して、道長さまのご様子などを大変すばらしい者に思い申し上げながら、ほんのわずかも心許して、なれなれしい態度を示さなかったのはすばらしい。

と述べるような評価も確かに一理あるだろう。

しかし、見方を変えれば、このような反発するような表現は、そういう表現が許されるような関係性、すなわち両者の親しさ、甘えの表現になっている部分があるのではないだろうか。そこで注目したいのは、この道長との贈答に続く、次の記述である。ここは原文で紹介したい。

渡殿に寝たる夜、戸をたたく人ありと聞けど、おそろしさに、音もせで明かしたるつとめて、

夜もすがら水鶏《くいな》よりけになくなくぞまきの戸ぐちにたたきわびつる

かへし

ただならじとばかりたたく水鶏ゆゑあけてはいかにくやしからまし

この贈答歌はそれぞれ誰が詠んだか、はっきり書かれてはいない。しかし、前の贈答歌との関係から、これも道長と紫式部の歌と考えるのが定説となっている。そして、この贈答歌の存在が紫式部を道長の召人とする見方を導いている。『尊卑分脈』という系図集は紫式部の箇所に「御堂関白道長妾云々」と注記している。『尊卑分脈』は十四世紀後半に成立したとされ、また「云々」というように断定はしていない。

道長は夜、紫式部の渡殿にある局の戸を叩いた。ここも時間が遡行していて、敦成親王出産前に土御門殿に下っている時のことか。あるいは『紫式部日記』にはほとんど書かれていない敦良親王出産前に再度土御門殿に下っていた時のことか。とにかく道長は紫式部の部屋に紫式部を口説こうとやってきたのである。

紫式部は道長を部屋に入れなかった。恐ろしくて、気配を消して、まんじりともしなかったという。恐怖の一夜であったというのである。それに対して、翌朝、道長から「一晩中、水鶏さながらに私は泣きながら、そなたの戸口を叩き続けたことだ」という和歌が来た。水鶏という水鳥は鳴き声が戸をたたく音に似ていて、しばしば求愛の場面で和歌に詠まれた。

それに対して紫式部は「ただではおくまいと激しく戸を叩かれるあなたさまゆえに、開けてはどんなに後悔したことでしょうね」と返歌をしている。このやりとりをもって、初の本格的な紫式部研究の書である『紫家七論』(元禄十六年〈一七〇三〉)を著した江戸時代の国学者・安藤為章《あんどうためあきら》は、道長の懸想を巧みにかわして、操を守った紫式部を称賛している。しかし、道長を局に入れなかったことを紫式部の婦徳に結び付けるのは、いかにも江戸時代の国学者らしく、儒教的で偏った見方であると言わざるを得ない。

もしも、この場面を紫式部が意図的に、後人の編集ではなく『紫式部日記』に記したのだとすれば、そこには道長から求愛されたということを書き留めておきたいという思いがあったのだと考えられる。そして、身近に大納言の君のような召人もいたことから(先述したように、『源氏物語』には少なからぬ召人が登場していた)、特に紫式部に道長の求愛を拒絶する理由もなかったのではないだろうか。このような場面を記すこと自体、『尊卑分脈』のような理解が生じることも十分織り込み済みであっただろう。「おそろしさに」戸を開けられなかったと、ここでも紫式部は記しているが、一方で紫式部の返歌は戸をたたく道長を揶揄するような余裕が感じられる。このようなやりとりを記しても、許される二人の関係だったのではないだろうか。今日でいう、「におわせ」に近い微妙なものを、道長をめぐる記述から感じるのである。ここでは拒絶して見せたが、次に戸がたたかれたら、戸を開けるということである。むろん、両者の関係については、さまざまな意見があり、召人説を否定する研究者も多い。この問題は永遠の謎として、議論され続けることだろう。

角度を変えてもう少しだけ述べよう。この場面、『源氏物語』をめぐる和歌のやりとりが起点となっているように、物語の一部のようにも見える。『源氏物語』には、光源氏の求愛を最終的に退けた空蟬のような女君も描かれていた。また『源氏物語』には、しばしば男君の独りよがりにも見える恋情に翻弄される女君の姿が描かれていた。例えば、藤壺や女三宮のように。開かれなかった戸口を前に、道長と紫式部が一対の男女として向かい合っている。現実の向こうに、物語の幻想が広がっているのだ。

道長との関係をも物語のように語るところに、紫式部のしたたかさを読み取ることができるのではないだろうか。

女性達の物語

さて、『紫式部日記』から『源氏物語』をめぐる記述を抜き出して紹介してきた。寛弘五年（一〇〇八）という年は先述したように、『源氏物語』千年紀の起点となる年で、この年『源氏物語』が宮廷で注目を浴び、現代で言うベストセラーのような存在となっていたことが確認される。特に特徴的なのは、一条天皇、藤原道長、藤原公任ら、高貴な男性達が『源氏物語』に積極的に言及し、注目していることである。これは文学好きの一条天皇の関心を呼ぶべく、『源氏物語』の作者紫式部を招聘した当初の目的が実現していることを示していた。

しかし、物語が女性達のために書かれ、真の読者が女性達であったことは、あらためて言っておく必要がある。女性達は物語を通して、恋のやりとりや、恋歌の詠み方を学んだと言われる。また時に物語は教訓的な内容を含み、女性がいかに生きるべきかというテーマが追究されている。女性にとって、物語が教育的なメディアであったことは見逃すことはできない。

とはいえ、それもまた物語の一面に過ぎないだろう。物語はこの時代の女性にとって、最高のエンターテイメントであった。『源氏物語』の中には、物語に夢中になっている玉鬘や浮舟の姿が描かれている。玉鬘巻では、暑苦しい中で髪の乱れも気にせずに一所懸命に物語を書き写している玉鬘の姿が描かれ、東屋巻には、右近の朗読を聞きながら一心に物語絵を見つめる浮舟の姿が描かれている。物語の世界に息を呑んで没入している若い女君達の姿が印象的である。物語中の人物が物語に熱中しているという入れ子構造の中で、物語を支えている女性達の熱狂が示されているのである。


ところで、現代でも読んだ小説や見た演劇、映画、テレビドラマを題材に、仲間とあれこれ感想を語り合うのは楽しいものである。特に、登場人物の誰が好きか、誰が贔屓《ひいき》かという話題は盛り上がるだろう。『枕草子』「返る年の二月二十余日」段には、中宮定子の御前で『うつほ物語』の男主人公、涼《すずし》と仲忠のどちらが優れているか、語り合われたことが記されている。『うつほ物語』は『源氏物語』に先行して作られた長編物語で、琴をめぐる奇瑞を中心に展開する、当時大変人気のある物語であった。作者不詳であるが、この時代の漢学者・源 順《みなもとのしたごう》作者説があるように男性が作者であったと推定されている。仲忠と涼はライバル関係にあり、絶世の美女あて宮をめぐって恋のさやあてを展開し、琴の演奏を競い合っている。

清少納言が中宮定子の御前に参上したところ、そこに天皇付きの女房も加わって、まさに涼と仲忠のどちらが優れているか論争中であった。すでに論争は佳境に入っていて、清少納言が加わったときには、中宮定子が仲忠のいやしい育ちを特におっしゃった後だったという。定子は涼推しだったのだろう。それに対して、清少納言は遠慮なく、「涼は天人が地上に降りる程度に琴を弾いただけで冴えない人です。涼は仲忠のように天皇の娘を手に入れたでしょうか」と言って、それまで仲忠を推していた仲忠贔屓の人達を活気づけた。

女房達も『うつほ物語』を読んでいて、好みの登場人物について自由に意見を言っていることがうかがわれる。『源氏物語』もその第一の読者は、パトロンである中宮彰子であったろうが、その配下の女房達もこの物語を読んでいたであろう。『源氏物語』は中宮彰子の後宮における文化であり、薫物を女房達に分け与えていたように、中宮彰子は広く『源氏物語』を女房達に読ませ、配下の女房達と『源氏物語』の理想の人物について語り合っていたに相違ない。このような自前の物語を持ち得ていることに、彰子後宮のほかの後宮とは異なる文化的な優位性があり、誇りがあったのではなかったか。

ところで『紫式部日記』の寛弘六年（一〇〇九）正月の記事から消息的部分に移行する箇所は、それまでの行事記録とは異なり、女房達の容姿を中心に女房名ごとに記されている。例えば、道長の召人で、紫式部と親しかった大納言の君は次のように書かれている。

大納言の君は、たいそう小柄で、小さいといっていいほうの人で、色白で可憐で、つぶつぶと肥えているのですが、見た目にはたいそうすらりとして、髪は背丈に三寸ほど余っている、その髪の裾の様子や生え具合など、ほかに似るものがないほど、細やかで美しいのです。顔もたいそうかわいらしく、身のこなしなども可憐で風情があります。

この時代は少しふくよかなほうが美人とされた。このように身体的な特徴や所作などが詳細に記されている。大納言の君以外にも宰相の君や宣旨の君、宰相の君（北野の三位。

先の宰相の君とは別人)、宮の内侍、式部のおもと、など彰子後宮の代表的な女房達が同様の形で記されている。いわば女房のカタログのような記述は彰子付きの女房集団がいかに優れた、美しい女房達を抱えているかを誇示している。それとともに、注目したいのは、このような女房を個々に採り上げての論評は、書き手が紫式部ゆえに求められたと考えられることである。すなわち『源氏物語』は帚木巻の雨夜の品定めのように、理想の女性がどのような人かを論評していた。また『源氏物語』は、それぞれ個性的で魅力的な女君を描き出していた。そのような紫式部であるがゆえに、現実の彰子後宮の女房を個別に論評する需要があったのだろう。このような記述は『源氏物語』の読者である同僚女房に向けて、読者サービスのような性格も持っていたのだと思われる。

さて、このような一連の記述の中に、小少将の君を論評した記述もある。

　小少将の君はそこはかとなく上品で優美で、二月ごろのしだれ柳のような風情をしています。容姿はたいそう可憐で、物腰は奥ゆかしく、性格はまるで自分の心では物事を判断できないほどに遠慮をし、ひどく世間を恥ずかしがって、あまりにこちらが苦しくなるほど、子どもっぽくていらっしゃいます。もしも意地悪な人があしざまに扱ったり事実と違ったことを言いつけたりすれば、そのままこのことを気に病んで、死んでしまいそうなほど、弱々しくどうしようもないところを持っていらっしゃるのがあまりにも気がかりなのです。

二月ごろのしだれ柳に喩えられた、触れればそのまま倒れてしまいそうな可憐な容姿と、あまりにも弱々しく、遠慮がちで、守ってあげたいと思わせる性格とがあいまって、極めて印象深い小少将の君の紹介となっている。あの乗車のトラブルに続く、小少将の君の不幸な人生を記した箇所と、ここでの小少将の君の姿は繫がっていると言えよう。そして、この小少将の君は、『源氏物語』若菜下巻の女三宮の姿を描写した、

二月の中の十日ごろの青柳がわずかにしだり始めたような様子である。

という一節と共通性が高い。小少将の君のイメージと女三宮のイメージが重なっていて、女三宮が小少将の君をモデルに作られた人物であることを読む者に想起させるのである。女三宮は光源氏の正妻となった高貴な女性であったが、自分の思いを表に出すことは稀で、その受身の姿勢は柏木と密通事件を起こす遠因になった。『紫式部日記』で昼寝する宰相の君が物語の女君に喩えられていたように、小少将の君も

女三宮と重なるように描かれているのだろう。『源氏物語』の世界は、読者である女房達と地続きとなり、その女房達は時に現実の姿を超えて、物語の世界の住人のように『紫式部日記』の中に記されていたのである。

『源氏物語』が今日残るような長編物語となるには、中宮彰子や道長からの後援が絶対条件であった。しかし、それだけではなく、共に仕えた女房達、熱狂的な読者の存在も、この物語の世界にさまざまな影を投げかけていたのである。

『源氏物語』は彰子後宮の物語として作られたが、その物語はやがて彰子後宮から離れ、広がっていった。『更級日記』の作者・菅原孝標女は奇しくも、源氏千年紀の起点となる年、寛弘五年（一〇〇八）に生を受け、十歳から十三歳にかけて現在の千葉県の市原市にあった、上総国の国府付近で過ごした。父親の菅原孝標が上総介として赴任していたのである。その地で孝標女は継母や姉から『源氏物語』のあらすじを聞いて、強くこの物語に引かれる。継母は上総大輔といって、宮仕え経験を持つ女房であり、宮中でこの物語に触れる機会があったのだろう。残念ながら、上総国に『源氏物語』の写本はなく、孝標女は薬師如来の仏像に早く都へ戻って、物語を入手したいと祈るのだった。

翌年、十四歳で孝標女は上京し、紆余曲折があった後、おばから、待望の『源氏物語』

を入手する。孝標女は几帳の中に伏して、『源氏物語』を読み進め、その世界に没入する。特に夕顔と浮舟に心惹かれ、成長したら、夕顔と浮舟のようになれると確信していたのであった。

この『源氏物語』を与えてくれたおばであるが、地方官を歴任する受領の妻のように描かれている。宮中で広く読まれていた寛弘五年（一〇〇八）から十三年後、受領の妻が『源氏物語』全巻を所有し、姪に与えていたのである。『源氏物語』が階層を超えて流布していたことがわかる。あわせて『源氏物語』の登場人物がその強い迫真性によって、少女には人生のモデルのように見えていたのである。

ところで、孝標女は『源氏物語』について言及するが、作者である紫式部その人について記すことはない。多くの物語の作者が匿名であるように、孝標女は紫式部に関心を寄せていなかったのであろうか。

孝標女が三十九歳のとき、初瀬（長谷寺）に向かう途中に、宇治に立ち寄った。宇治は『源氏物語』宇治十帖の舞台である。宇治川沿いの風光明媚な場所であった。そこで、孝標女は次のように書いている。

紫の物語（『源氏物語』）に、宇治の八の宮の娘達のことが書かれているが、どのような所だから、そこに住ませたのだろうと知りたいと思っていたのだった。なるほどすばらしい所だなあと思いながら、やっと宇治川を渡って、関白頼通さまの御領所に入って、浮舟の女君はこのような所に倒れ伏していたのだなあ（浮舟の女君はこのような所に住んでいたのだなあ、と解釈する注釈書が多いが、ここまで踏み込んで解釈するべきであろう）と、まず思い出されたことであった。

孝標女は今で言う聖地巡礼のような思いで、宇治の地を訪れていたのである。のちに平等院となる頼通の別邸を訪れ、入水を図り宇治川の岸で倒れていた浮舟の姿を現実の光景の中で重ね見ている。さらに注目したいのは、宇治の八の宮の娘達、大君、中君がなぜ、そこで成長したように書かれたのかという物語の構想上の問題に言及していることである。原文に「いかなる所なれば、そこにしも住ませたるならむ」とある。ここでの主語を父である八の宮とし、娘達を住ませたと解する説もあるが、八宮は都から逃れるように、この地に来たので、娘達を育てる場所の選択の余地はなかったであろう。主語は『源氏物語』の作者である紫式部と考えるのが自然である。そうだとすれば、ここで孝標女は物語作者である紫式部の創作意図に言及し、思いを馳せていることになる。孝標女は宇治の地を訪れて、なぜ大君と中君がこの地で育ったように書いたのか、紫式部の意図をなるほどと実感したのである。多くの物語が作者不詳である中で、『源氏物語』はその書き手の意図や工夫が気になる物語であった。先述したように、『更級日記』の写本の奥書に、孝標女が物語作者であったという伝承が書かれていて、物語作者であった可能性が高い。なおさら先達である紫式部の創作意図が気になったのであろう。『紫式部日記』は物語作者が匿名的な存在であった時代に例外的なほどに、自らが『源氏物語』の作者であることを記しているが、逆に言えば、紫式部という作者の存在がクローズアップされるほど特別な物語でもあったのである。さらに、ここで孝標女は『源氏物語』を「紫の物語」と言っているが、これは「紫のゆかりの物語」の意と考えるのが一般的である。しかし「紫のゆかり」は藤壺のゆかりである紫の上に特化した呼称であり、ここでは宇治十帖を含んだ物語を指しているので違和感が残る。ここは「紫」すなわち「紫式部が語った物語」という意味が込められていたのではないだろうか。『栄花物語』はつ花巻には、紫式部を紫と呼称している箇所があり、紫という呼称は早く定着していたことがうかがわれる。孝標女は物語の書き手であった紫式部の存在を強く意識していたのだろう。『源氏物語』のみならず、同じ受領の娘であった紫式部に憧れの思いを抱いていたに相違ない。

受け継がれる謎

さらに時代は下る。先にも触れた鎌倉時代初期に成立したとされる物語評論『無名草子』は、老尼と若い女房達との会話の形で進行しているが、紫式部その人への言及もある。その中に『源氏物語』成立をめぐる部分がある。一人の女房が次のように語った。

　尽きることなくうらやましく結構なことは、大斎院選子さまから上東門院彰子さまへ「徒然が慰められるような物語はありますか」とお尋ね申し上げた時に、紫式部を彰子さまはお呼びになって「何を差し上げたらよいだろうか」とお尋ねになったところ、「珍しいものは何もございません。新しく作って差し上げなさいませ」と申し上げた。そこで彰子さまは「では、あなたが作りなさい」とおっしゃったのを、紫式部は承って「源氏物語」を作ったということです。たいそうすばらしいことですね。

これは『古本《こほん》説話集』、『河海抄《かかいしょう》』、『花鳥余情《かちょうよせい》』、『賀茂斎院記』などに載る逸話と同趣のもので、『源氏物語』は当時風雅なサロンであることで知られた大斎院選子内親王から彰子へ物語の要望があって、それを契機に紫式部に新作物語を作るよう下命があったというものである。ここではそこまで語られていないが、紫式部は新作物語を書けるよう、石山寺に籠り、そこから琵琶湖に映る月を見て、にわかに須磨巻の着想が浮かび、『源氏物語』を創作したという。現在でも石山寺の本堂には源氏の間があって、その故事を偲ぶことができる。この伝承は現在では伝説の類と考えられることが多いが、大斎院選子の女房集団は『大斎院前御集《さきのぎょしゅう》』という家集によると、歌と物語に、歌のかみ、物語のかみという、それぞれ責任者の女房がいて、物語については、物語のかみの監督下、多くの物語の書写作業をしていたという。大斎院選子は物語のコレクターであり、そのサロンは多くの物語が集められた一大センターであった。そのことを思えば、一概にこの伝承を否定することはできない。もちろん須磨巻から起筆したということは考えにくいし、彰子出仕以前から『源氏物語』は書き始められていたとするのが現在の定説である。

しかし、『源氏物語』が道長によって妍子の許へ持ち出されたように、また一条天皇に御冊子本がお土産とされたように、その評判を聞きつけた大斎院から求めがあって献上されたことも十分あり得ることだろう。この伝承は『源氏物語』の享受の広がりを反映しているのではないだろうか。紫式部は彰子の後宮文化のアンバサダーのような立場にあったのではないか。そして、この伝承にもあるように、あくまでもスポンサーは彰子であり、その背後にいる道長である。

さて、そのような『源氏物語』の成立を語る女房に対して、別の女房が次のように言う。

いや、まだ宮仕えに出る前に実家におります時に、こうした物語を作りだしたことによって、上東門院彰子さまに召しだされて、そのために紫式部という名をつけたのですよ。

この女房の見解では、紫式部はまだ宮仕え前の実家にいる時に、『源氏物語』を書いたことで、彰子の許に召しだされたという。『紫式部日記』を読み込んだ結果、出てくる見解であろう。『源氏物語』が出仕前に完成していたとするなどの違いはあるが、現在の定説に比較的近い考えである。最終的に『無名草子』は、

どちらが本当なのでしょうか。

と結んでいる。『源氏物語』がどのような経緯で書かれたのか、紫式部がどのように関わったのか、格好の関心事になっていたと同時に、すでに『無名草子』の書かれた鎌倉時代初期でも、正確なところはよくわからなくなっていたのである。

『源氏物語』はこれからも国境を越えて、永く読み継がれていくだろう。その世界に魅了されればされるほど、書き手である紫式部への興味・関心も高まる。近年制作された『源

氏物語』に関する映画の中に二〇〇一年公開の『千年の恋　ひかる源氏物語』(堀川とんこう監督、東映)、二〇一一年に公開された『源氏物語　千年の謎』(鶴橋康夫監督、東宝)があるが、いずれも『源氏物語』の物語世界と書き手である紫式部の現実世界とが並行し絡み合うように展開していた。紫式部をめぐる関心も多くの謎とともに、受け継がれていくに相違ない。

あとがき

二〇〇八年は『源氏物語』千年紀の年だった。もう十五年も昔である。その年は紫式部と『源氏物語』をめぐって、次々と関連書籍が出版され、図書館・美術館での展示が行われた。大げさな言い方かもしれないが、『源氏物語』ルネッサンスという雰囲気があったように思う。しかし、今、授業で、学生に千年紀のことを言っても、反応は薄い。というのは、大学四年生でも、その年は、まだ小学校低学年だったのである。千年紀の記憶がなくて当然であるし、逆に、千年紀の年に興味が湧いて、『源氏物語』を読んだというほうが凄すぎて怖い（?）。

しかし、来年、二〇二四年は紛れもなく、再度、紫式部と『源氏物語』をめぐり一大ブームが来るだろう。言うまでもなく、NHK大河ドラマで「光る君へ」（大石静脚本）が放映されるからである。大河ドラマの影響は大きい。ここ数年の大河ドラマの主人公・渋沢栄一、北条義時、徳川家康らと同様に、紫式部と『源氏物語』にあらためて大きな光が当たるはずだ。ドラマティックに紫式部＝まひろ（ドラマのために付けられた紫式部の名前）の人生が展開し、視る者は一喜一憂することだろう。

そして今回、このような新書の執筆機会に恵まれたのも、大河ドラマのお陰であることは否めない。本書を通して、紫式部の生きた軌跡や、抱えていたさまざまな思い、さらに平安時代の女房達の実態を知っていただけたならば、これに勝る幸いはない。

本書でも述べたように、実際のところ、紫式部は本名も生没年も不詳である。しかし、私達は紫式部の思いを直接知ることができる。言うまでもなく、紫式部が自分の思いの丈を文章や和歌で残したからである。直接、千年前を生きた人と、向かい合っている気持ちになれるのが、古典文学を読む醍醐味であろう。そして、古典と言うと、杓子定規なイメージが湧くが、書かれている内容は、実に人間臭い。紫式部も現代人と同様に、集団や組織の構成員の一員として、主家に奉仕し、主人の話し相手になったり、儀式に参加したりしながら、物語や日記を書き、和歌を詠む。一方で主家からの厚遇のためか、周りの女房から、やっかみを受け、嫌な思いもする。環境は違うが、人間の営みはそれほど変わっていないのではないかと思わせる。

もちろん、平安時代の人々の世界観や価値観は現代とは異なる。特に恋愛や結婚、身分に対する考え方は相当に違う。それも面白い、とまでいかなくても、それはそれだと、ゆったりと、おおらかに受けとめていただければありがたい。時代的な制約があるものを現代の視点から断罪しても、あまり意味があるとは思われない。そして、現代の私達の価値観も、変遷の途上にあり、相対的なものであることを知ることは、けっして無意味なことではないはずだ。この世界の価値観が絶対的なものではないことを学ぶことは、今を生きる私達の心の自由を保つためのお守りになるだろう。そもそも、平安時代の人々（貴族に限らない）よりも現代人のほうが幸せだという保証はどこにもないのだから。

本書が擱筆まで辿り着けたのは、平凡社の進藤倫太郎氏の献身的なご努力のお陰である。私は某工務店のかつてのテレビCMではないが、仕事が早いという若干の自負はあるものの、とにかく雑で、加齢によってそのことに拍車がかかっている。しかし、進藤氏は輪をかけて早く、そのうえ、正確にして丁寧なお仕事に、お世辞ではなく驚嘆の連続であった。本書が少しでも読みやすく、わかりやすい内容になっているとすれば、すべて進藤氏の的確なアドバイスによる。心より御礼申し上げる次第である。

二〇二三年十一月一日　紫式部ゆかりの古典の日に記す

福家俊幸

主要参考文献

（本書の論述に直接関わる単行本を中心に並べた。これ以外にも有益な先行研究が多々あることをお断りしておきたい）

秋山虔『平安文学の論』（笠間書院、二〇一一年）
秋山虔・福家俊幸編『紫式部日記の新研究――表現の世界を考える』（新典社、二〇〇八年）
阿部秋生『源氏物語研究序説 上・下』（東京大学出版会、一九五九年）
池田節子『紫式部日記を読み解く――源氏物語の作者が見た宮廷社会（日記で読む日本史６）』（臨川書店、二〇一七年）
伊藤博校注『紫式部日記（紫式部集）』（新日本古典文学大系、岩波書店、一九八九年）
稲賀敬二『紫式部 源氏の作者』（新典社、一九八二年）
井上ミノル『もしも紫式部が大企業のＯＬだったなら』（創元社、二〇一三年）
今井源衛『紫式部』（人物叢書 新装版、吉川弘文館、一九八五年）
上原作和「「藤式部」亡き桃花の宴――西本願寺本兼盛集附載逸名歌集注解攷」（吉海直人編『平安朝の物語と和歌』新典社、二〇二三年）
岡一男『源氏物語の基礎的研究――紫式部の生涯と作品』（東京堂、一九五四年）
朧谷寿『藤原彰子 天下第一の母』（ミネルヴァ書房、二〇一八年）
加藤静子『王朝歴史物語の方法と享受』（竹林舎、二〇一一年）

河添房江『唐物の文化史――舶来品からみた日本』（岩波新書、岩波書店、二〇一四年）
川村裕子『平安女子の楽しい！生活』（岩波ジュニア新書、岩波書店、二〇一四年）
同　『はじめての王朝文化辞典』（角川ソフィア文庫、KADOKAWA、二〇二二年）
久下裕利『源氏物語の記憶――時代との交差』（武蔵野書院、二〇一七年）
工藤重矩『源氏物語の婚姻と和歌解釈』（風間書房、二〇〇九年）
久保田孝夫・廣田收・横井孝編著『紫式部集大成　実践女子大学本・瑞光寺本・陽明文庫本』（笠間書院、二〇〇八年）
久保朝孝『古典解釈の愉悦――平安朝文学論攷』（世界思想社、二〇一一年）
同　『紫式部日記論』（武蔵野書院、二〇二〇年）
倉本一宏『一条天皇』（人物叢書 新装版、吉川弘文館、二〇〇三年）
同　『人をあるく　紫式部と平安の都』（吉川弘文館、二〇一四年）
国土社編集部編・福家俊幸監修『人物で探る！　日本の古典文学　清少納言と紫式部――枕草子 源氏物語 更級日記 竹取物語ほか』（国土社、二〇一七年）
後藤祥子「紫式部事典」（秋山虔編『別冊國文學　源氏物語事典』學燈社、一九八九年）
後藤幸良『紫式部　人と文学』（勉誠出版、二〇〇三年）
小谷野純一『平安後期女流日記の研究』（教育出版センター、一九八三年）
斎藤正昭『紫式部伝――源氏物語はいつ、いかにして書かれたか』（笠間書院、二〇〇五年）
桜井宏徳・中西智子・福家俊幸編『藤原彰子の文化圏と文学世界』武蔵野書院、二〇一八年）
笹川博司校注『紫式部日記』（和泉古典叢書、和泉書院、二〇二一年）

島内景二『新訳 紫式部日記』（花鳥社、二〇二三年）
清水好子『紫式部』（岩波新書、岩波書店、一九七三年）
杉立義一『お産の歴史――縄文時代から現代まで』（集英社新書、集英社、二〇〇二年）
助川幸逸郎・立石和弘・土方洋一・松岡智之編集『新時代への源氏学4 制作空間の〈紫式部〉』（竹林舎、二〇一七年）
田渕句美子『女房文学史論――王朝から中世へ』（岩波書店、二〇一九年）
角田文衞『角田文衞著作集7 紫式部の世界』（法蔵館、一九八四年）
寺本直彦『源氏物語論考 古注釈・受容』（風間書房、一九八九年）
徳原茂実『紫式部集の新解釈』（和泉書院、二〇〇八年）
中西智子『源氏物語 引用とゆらぎ』（新典社、二〇一九年）
中野幸一『深掘り！ 紫式部と源氏物語』（勉誠出版、二〇二三年）
中野幸一校注・訳『紫式部日記』（新編日本古典文学全集26、小学館、一九九四年）
南波浩『紫式部集全評釈』（笠間書院、一九八三年）
南波浩編『紫式部の方法――源氏物語・紫式部集・紫式部日記』（笠間書院、二〇〇二年）
萩谷朴『紫式部日記全注釈 上・下』（角川書店、一九七一年・七三年）
服藤早苗『藤原彰子』（人物叢書 新装版、吉川弘文館、二〇一九年）
土方洋一『枕草子つづれ織り――清少納言、奮闘す』（花鳥社、二〇二二年）
廣田收・横井孝編『紫式部集の世界』（勉誠出版、二〇二三年）
福家俊幸『紫式部日記の表現世界と方法』（武蔵野書院、二〇〇六年）

同　『更級日記全注釈』（日本古典評釈・全注釈叢書、KADOKAWA、二〇一五年）
福家俊幸・久下裕利編『王朝女流日記を考える――追憶の風景（考えるシリーズ）』（武蔵野書院、二〇一一年）
福家俊幸（監修）高梨みどり（まんが）『清少納言と紫式部 平安時代を代表する二大女流作家』（小学館版学習まんが人物館、小学館、二〇一九年）
古田正幸『平安物語における侍女の研究』（笠間書院、二〇一四年）
益田勝実『紫式部日記の新展望』（日本文学史研究会、一九五一年）
増田繁夫『評伝紫式部――世俗執着と出家願望』（和泉書院、二〇一四年）
三田村雅子『源氏物語 感覚の論理』（有精堂出版、一九九六年）
宮崎荘平『女房日記の論理と構造』（笠間書院、一九九六年）
同　全訳注『紫式部日記』（講談社学術文庫（上・下）、講談社、二〇〇二年）
諸井彩子『摂関期女房と文学』（青簡舎、二〇一八年）
山口仲美『言葉から迫る平安文学2 仮名作品』（山口仲美著作集、風間書房、二〇一八年）
山本淳子『紫式部集論』（和泉書院、二〇〇五年）
同　『紫式部日記と王朝貴族社会』（和泉書院、二〇一六年）
山本淳子訳注『紫式部日記　現代語訳付き』（角川ソフィア文庫、角川学芸出版、二〇一〇年）
山本利達校注『紫式部日記　紫式部集』（新潮日本古典集成、新潮社、一九八〇年）
横井孝・福家俊幸・久下裕利編『紫式部日記・集の新世界（知の遺産シリーズ）』（武蔵野書院、二〇二〇年）

吉井美弥子『読む源氏物語 読まれる源氏物語』（森話社、二〇〇八年）
和田律子『藤原頼通の文化世界と更級日記』（新典社、二〇〇八年）

【著者】
福家俊幸（ふくや としゆき）
1962年香川県生まれ。早稲田大学大学院文学研究科博士課程単位取得退学。博士（文学）。早稲田大学教育・総合科学学術院教授。専門は平安時代の文学・日記文学。早稲田大学高等学院教諭、国士舘大学助教授、早稲田大学教育学部助教授を経て現職。著書に『紫式部日記の表現世界と方法』（武蔵野書院）、『更級日記全注釈』（KADOKAWA）、共編著に『紫式部日記・集の新世界』『藤原彰子の文化圏と文学世界』『更級日記 上洛の記千年』（以上、武蔵野書院）、『紫式部日記の新研究』（新典社）、監修に『清少納言と紫式部』（小学館版・学習まんが人物館）など。

平 凡 社 新 書 1 0 4 2

紫式部 女房たちの宮廷生活

発行日——2023年11月15日　初版第1刷

著者——福家俊幸
発行者——下中順平
発行所——株式会社平凡社
〒101-0051 東京都千代田区神田神保町3-29
電話 （03）3230-6573［営業］
ホームページ https://www.heibonsha.co.jp/
印刷・製本—株式会社東京印書館
DTP——株式会社平凡社地図出版
装幀——菊地信義

ISBN978-4-582-86042-9